MIX
Papier aus verantwortungsvollen Quellen
Paper from responsible sources
FSC® C105338

*Ein Dank an die Uckermark, ihre unendlichen
Weiten, wogenden Getreidefelder, ausgedehnten
Waldgebiete, stillen Menschen und verlorene
Orte, an denen man noch loslassen kann.*
Max Victor

Bibliografische Information der Deutschen Nationalbibliothek:
Die Deutsche Nationalbibliothek verzeichnet diese Publikation in der Deutschen Nationalbibliografie; detaillierte bibliografische Daten sind im Internet über http://dnb.d-nb.de abrufbar.

ISBN 9783743154117

2. Auflage

© 2017 by Max Victor

Lektorat: Julia Kischkel, Ka & Jott, Prenzlau (Uckermark)

Herstellung und Verlag: BoD – Books on Demand, Norderstedt

Das Werk, einschließlich seiner Teile, ist urheberrechtlich geschützt. Jede Verwertung ist ohne Zustimmung des Verlages und des Autors unzulässig. Dies gilt insbesondere für die elektronische oder sonstige Vervielfältigung, Übersetzung, Verbreitung und öffentliche Zugänglichmachung.

Alle Rechte vorbehalten.

Max Victor

Der Uckerrusse

Uckerkrimi

Chausseestraße, Berlin
»Was würdest du tun, wenn du Geld waschen müsstest, 'ne Menge Geld?«

»Ich brauch' eine Waschmaschine.« Ich starrte aus dem abhörsicheren Fenster unseres mittelmäßigen Büros in den diesigen Morgenhimmel über Berlin.

»Volltreffer, Witzler! Du müsstest dir eine Waschmaschine kaufen, am besten eine richtig große, eine, wo die ganze schwarze Kohle reinpasst und dann blütenweiß wieder rauskommt, am besten schon trocken, gebügelt und in kleine Päckchen gepackt.«

»Ich könnte auch erst mal in einen Waschsalon gehen. Vielleicht finde ich ja einen in der Nähe.« Ich zog mein iPhone aus der Tasche und gab das Wort »Waschsalon« ein und suchte im Umkreis von 10 Kilometern um Joachimsthal – natürlich kein Treffer. Im Umkreis von 20 Kilometern – kein Treffer. Verdammte Scheiße, da draußen gab es anscheinend keine Waschsalons.

»Okay, ich hole mir doch 'ne Waschmaschine!« Erst jetzt begriff Masslowitz, dass ich mit meinen Gedanken unglaublich weit von Geldwäsche entfernt war.

»Wozu brauchst du eine Waschmaschine? Verweigert Mona deine Stinkesocken?«, fragte er mich grinsend.

Mir war nicht nach Lachen zumute. Gestern Abend hatte ich mich mit Mona im »Ibsen« zum Essen und zum »Reden« getroffen. Es war das volle Programm. Wir hätten uns auseinandergelebt, unsere Interessen wären nicht mehr die gleichen, wir würden eine Auszeit brauchen, sie wäre sich nicht mehr sicher, ob sie mich noch lieben würde. Ich hatte mir alles wie betäubt angehört und dann den Vorschlag gemacht, den ich schon am Morgen im Kopf gehabt hatte.

»Okay, Mona, ich ziehe erst mal raus nach Joachimsthal.« Beim Rausgehen hatte ich einen Fünfziger auf den Tresen gelegt, sollte reichen für eine Gulaschsuppe, einen Salat und zwei Gläser Wein. Zwei Stunden später kam der Hunger, ich holte mir an einem Bäckerladen in der Friedrichstraße etwas zu essen.

»Chast du zwei pelegte Pröttchen, ein Chrossaint, macht Trei Üru fünfzick.« Der junge Mann mit dem slawischen Akzent schob mir die Tüte über den Ladentisch. Über seinem rechten Auge war eine tiefe, noch nicht vollständig verheilte Narbe zu sehen. Mich überraschte die Kälte in seinen Augen, die so ganz im Gegensatz zu der Freundlichkeit seiner Stimme stand. Der junge Mann passte irgendwie nicht so recht in einen Bäckerladen.

Schorfheide, Joachimsthal

Es schellte schon zum zweiten Mal. Ich hob mich aus dem Sessel, dabei kippte der Tisch um, drei leere und eine halbvolle Bierflasche fielen zu Boden. Das undankbare

Restgebräu lief zwischen die Ritzen der von Mona in mühsamer Handarbeit abgeschliffenen Dielen.

»Ich komme ja, verdammt noch mal. Was kann denn auf 'n Freitagabend so wichtig sein.« Vor mich hinknurrend suchte ich im dunklen Flur nach meinen Latschen. Ich stieß mir den kleinen Zeh am Schuhregal, biss die Zähne zusammen und öffnete die Haustür. Vor der Tür erwartete mich eine Sintflut, die sich aus Monas höher gelegenem, sorgsam gepflegten Gemüsegarten direkt vor die Tür ergoss und mein leichtes Schuhwerk augenblicklich überspülte. Auf dem schlammigen Weg nach vorn rutschte ich noch zweimal fluchend aus, und als ich endlich die Pforte erreichte, tropfte der Modder munter aus meinen Hosenbeinen.

Am Tor stand eine etwa ein Meter fünfzig große schmale Frau mit grauen langen Haaren, an deren Enden sich Regenfäden nach unten schlängelten. Sie trug einen uralten gelben Ostfriesennerz mit einer riesigen Kapuze, die sie aber irrigerweise nicht aufgesetzt hatte. Sie war ungeschminkt, wirkte aus der Nähe noch älter und hatte einen verstörten Gesichtsausdruck.

»Ja bitte, was wollen Sie?«

Es dauerte einen Augenblick, bevor sie antwortete.

»Herr Witzler? Sie sind doch Herr Witzler?«

»Ja, der bin ich. Womit kann ich helfen?«

»Im Wald am Wolletzsee liegt ein toter Russe, Sie müssen sofort mitkommen!«

»Ein toter Russe?« Ich war einen Moment sprachlos. »Und was soll ich da machen? Rufen Sie die Polizei!«

»Mein Mann hat mich geschickt, er sagt, Sie wären bei der Polizei und ich solle zu Ihnen gehen, Sie würden sich um alles kümmern! Sie sind doch bei der Polizei, oder?« Sie sah mir fragend ins Gesicht.

»Ja, na ja, nicht ganz, im Prinzip schon, ich arbeite im Innenministerium. Ich habe sozusagen mit Polizeiaufgaben zu tun.«

»Sind Sie nun bei der Polizei oder nicht?«

Die Frau im Ostfriesennerz wurde bissig. Sie stemmte die Arme in die Hüften und ignorierte den strömenden Regen völlig. Ich nickte stumm, das Wasser lief mir den Nacken runter.

»Warum haben Sie denn nicht die 110 gerufen?«

»Wir haben keine Handys und solchen Schnickschnack. Mein Mann ist noch im Wald bei dem Russen und ich bin hergeeilt, um Ihnen Bescheid zu sagen. Kümmern Sie sich nun um alles, oder was?« Jetzt erst erkannte ich die Frau. Es war Lore Gerst, die Frau vom alten Gerst. Die beiden leben am anderen Ende von Joachimsthal, eigentlich schon außerhalb der Ortschaft, auf einem alten Forstwirtschaftsgelände. Sie führen dort ein abgeschiedenes, naturorientiertes Leben. Im Ort gelten sie als harte Ökos oder »Körnerfresser«. Nun hatten sie also einen toten Russen gefunden, in ihrem so heiß geliebten Mischwald. Ich erinnerte mich, dass ich an einem langen Winterabend im Gasthof zur Krim mit dem alten Gerst so einige Fläschchen Wein geleert und in dem Zusammenhang erfahren hatte, dass Gerst pensionierter Lehrer für Russisch und Geographie war und Generationen lang das Wissen der Joachimsthaler Bevölkerung aufpoliert hatte. In diesem Zusammenhang hatte ich auf die Gegenfrage nach meiner Beschäftigung erwähnt, dass ich bei der Polizei in Berlin wäre. Agent beim BND hätte viel zu viele Fragen für den Abend aufgeworfen.

»Was gib's 'n da zu lachen?« Frau Gerst hatte ihren Kopf in den Nacken gelegt und sah mir scharf in die Augen.

»Nichts, dann informiere ich mal die Kollegen.« Ich drehte mich um und wollte zurück ins Haus gehen, als sie lautstark protestierte.

»Soll ich hier weiter im Regen stehen oder darf ich mit ins Trockne?« Die Alte schüttelte ärgerlich den Kopf.

»Ja klar, kommen Sie. Sie können die Schuhe anlassen, spielt jetzt auch keine Rolle mehr.« Ich schob sie in die gefliese Küche und bot ihr einen Stuhl an.

»Warten Sie hier. Ich hole nur mein Telefon.«

»Da steht doch ein Telefon!« Lore Gerst zeigte auf den Festnetzapparat im Flur, und beinahe wäre mir ein »Das ist aber nicht sicher!« rausgerutscht.

»Witzler hier, ich habe einen toten Russen im Wald.«

»Was haben Sie im Wald? Einen toten Russen? Was für einen toten Russen? Wovon reden Sie?« Krause hörte sich belustigt an. Ich schilderte ihm mit leiser Stimme eindringlich die Situation.

»Verständigen Sie einfach die Kripo, wie jeder andere auch, oder noch besser, lassen Sie die Frau die 110 anrufen, Witzler.«

»Das ist ja das Problem, die Frau denkt, ich wäre bei der Polizei!«

»Sie bei der Polizei!« Krause hustete. »Kommissar Witzler!« Er lachte. »Ich regele das intern. Fahren Sie mit raus an den Fundort und bleiben Sie um Gottes Willen bei Ihrer Tarnung. Den eintreffenden Kripoleuten sagen Sie einfach,

Sie wären beim Innenministerium und geben die Nummer von Frau Neumanns Büro an. Ich werde dort Ihre Identitätsbestätigung veranlassen. Aber lassen Sie die Finger von dem Russen. Damit haben wir nichts zu tun! Das ist Sache der zuständigen Polizeibehörden!«

am Wolletzsee, Schorfheide

»Verdammte Scheiße, jetzt sitz ich fest.« Die Vorderräder meines Golfs drehten auf dem weichen Untergrund des Waldweges durch. Lore Gerst bemerkte meinen Schlamassel und stellte ihren alten Wartburg Tourist an den Wegesrand. Der Golf hatte sich tief festgefahren und saß mit der Bodenwanne auf einer Baumwurzel auf. Auf aufgeweichten Forstwegen war Gersts alte Ostkarre eindeutig im Vorteil. Der Ostfriesennerz besah mein Malheur mit mitleidigem Blick und streichelte den rostigen Wartburgkotflügel. Ja, schon verstanden.

»Warten Sie! Hier, nehmen Sie die Taschenlampe und gehen Sie vor, Sie kennen die Richtung.« Der gelbe Ostfriesennerz bahnte sich den Weg durch das nasse Dickicht. Ich stolperte hinterher und fluchte, sauer darüber, dass ich nicht die Gummistiefel genommen hatte, die Turnschuhe waren völlig durch, und das Wasser schmatzte bei jedem Schritt.

»Da liegt er!« Der alte Gerst zeigte auf einen Haufen großer Findlinge. Beim genauen Hinsehen konnte man einen nackten Fuß erkennen.

»Die müssen ihn zwischen die Steine gelegt haben, nachdem sie ihn erledigt hatten. Die Bachen haben an ihm herumgezerrt, wir haben hier gerade zwei Rotten Mutterschweine mit einem arschvoll Frischlinge. Sieht übel aus der Knabe.« Der alte Gerst steckte sich einen Zigarillo zwischen die Lippen und ließ sein Sturmfeuerzeug aufschnappen.

»Ist ein Marineinfanterist, junger Kerl.«

»Wie kommen Sie darauf, dass es ausgerechnet ein russischer Marineinfanterist ist?«

»Kommen Sie mal näher!« Widerwillig näherte ich mich der Leiche. Mit Krause war abgesprochen, dass ich mich tunlichst vom Tatort fernhalten sollte, um nicht unter Umständen noch als Zeuge auftreten zu müssen. Die Neugier siegte aber letztendlich, und so näherte ich mich dem verdreht liegenden Toten. Der junge Mann lag auf dem Rücken, sein nackter Oberkörper bot keinen schönen Anblick. Er musste vor seinem Tod gefoltert worden sein, die Brandverletzungen auf seiner Brust konnten nicht von Tieren stammen. Auf jeden Fall war er nicht plötzlich im Wald an Herzversagen gestorben, er war Opfer eines Verbrechens geworden.

»Da, sehen Sie den Totenkopf mit dem Barett und dem Fallschirm oben drüber?« Der Alte zeigte mit seiner rechten Hand auf eine Tätowierung am linken Unterarm.

»Das ist das Emblem der russischen Marineinfanteristen. Die meisten haben irgendwo an ihrem Körper dieses Zeichen. Sie sind alle stolz, Mitglied dieser militärischen Elite zu sein.« Ich überlegte, wie dicht ich wohl herangehen durfte, ohne später von der Spurensicherung gehörig eins auf den Deckel zu bekommen. Auf jeden Fall musste ich jetzt umgehend die Polizei in Eberswalde informieren.

»Witzler hier, ich bin Beamter des Innenministerium in Berlin. Wir, besser gesagt die Eheleute Gerst, haben hier im Wald bei Joachimsthal eine Leiche gefunden, die vermutlich einem Verbrechen zum Opfer gefallen ist.« Der Beamte in Eberswalde vermittelte den Eindruck, als würde ihn jemand in seiner verdienten Pause stören. Einen Augenblick war es still am Hörer, ich konnte hören, wie der Polizist auf seiner Computertastatur klapperte.

»Wir schicken 'nen Wagen raus, kann aber dauern, die sind im Augenblick auf dem Weg nach Schwedt, da gab's ne Prügelei auf 'ner Hochzeit. Wie jesacht, kann dauern. Ick meld es och der Mordkommission, aber die brauchen bestimmt noch länger, erfahrungsgemäß.« Einen Augenblick hatte ich den Verdacht, der Beamte wäre eingeschlafen.

»Mann, hier regnet es in Strömen, Ihnen fließen sämtliche Spuren weg. Sie sollten sich beeilen.«

»Hier regnet's schon die ganze Woche in Strömen, schneller jeht's nun mal nicht. Tja, da sind Se jetze och een Opfer der Polizeidienststellenreform jeworden, kam ja von Ihnen, aus dem Innenministerium. Früher saß ick inne Wache im Amt Joachimsthal, da wär ick schnell mal rüber gehuscht, aber nu müssen Se warten. Ach ja, verlassen Se bitte den Fundort nich. Ick brauch mal Ihren Namen und die Namen von die beeden andern Finder!«

»Witzler, Andreas, und die beiden anderen sind Lore und Heinrich Gerst, die haben den Mann eigentlich gefunden.«

»Ja jut, aber nu sind Se och da, deswegen brauch ick Ihren Namen och. Also wie jesacht, die Kollegen sind schon unterwegs, trampeln Se nich uff die Spuren rum, allet andere machen Se mit den Kollegen vor Ort, Danke!« Ich sah sprachlos auf das Display des Telefons. Die Aussicht, hier die nächsten Stunden im nasskalten Schorfheider Mischwald zu verbringen, setzte meine Stimmung augenblicklich massiv herab. Wenn's kommt, kommt's halt meistens gleich richtig dicke.

»Wir sollen vor Ort bleiben.« Mein Gesichtsausdruck ließ die Unlust darüber deutlich erkennen. Der alte Gerst paffte seinen Zigarillo. Die vom Schirm seiner alten Schiebermütze fallenden Tropfen schienen alle einen Umweg um die Glut des stinkenden Stengels zu machen. Er kniff die Augen zusammen, seine Hand streichelte eine nasse Farnpeitsche, als wäre es sein alter Hofhund.

»Lorchen, sach ma, du könntest uns doch 'ne Thermosflasche Tee holen, wenn wir hier schon bleiben müssen. Wird sich ja keener uffregen, wenn de mal für ne halbe Stunde verschwindest. Inne Kammer is' och noch een schönet Ende Wildwurscht und 'n ollet Stück Brot ... könnt uns hier echt weiterhelfen. Und Lore, verjiss den Rum nich mit in die Teepulle zu machen, it is kalt hier.«

»Jaja, ick jeh ja schon, Chef.« Der Ostfriesennerz bahnte sich den Weg durch das Unterholz. Wohl dem, der so eine Frau hat, dachte ich.

»Woher kennen Sie eigentlich die Tätowierungen russischer Marineinfanteristen?«

»Wie ick Ihnen ja damals schon erzählt habe, war ick hier lange Zeit Russischlehrer. Jeder inne DDR hat ab de fünfte Klasse Russisch als Fremdsprache lernen müssen oder dürfen, wie man's halt nimmt, aber globen Se mir, nich ma die Hälfte konnte sich russisch unterhalten oder geschweige och nur verstehen. It war für die sowjetischen Soldaten hier praktisch unmöglich, sich zu verständigen. Bis uff een paar Einheimische, die mit den Russen immer irjendwelche Geschäfte am Lofen hatten, konnte hier keener mehr als ein paar Brocken Russisch. Die haben sich einfach dämlich im Unterricht anjestellt, zum Teil wurde ihnen och im Elternhaus und vonne Großväter eingetrichtert, watt die Russen doch für eene üble Bande sind. Die meisten Alten hier hatten da einschläjige Erfahrungen im Russlandfeldzug oder beim Einmarsch der russischen Truppen gemacht. It wurden in den letzten Kriegstagen fünfundvierzig 'ne Menge Frauen vergewaltigt und Volksstürmer einfach anne Wand gestellt. It herrschte hier nie die deutsch-sowjetische Freundschaft, die von Berlin aus propagiert wurde. Hier fuhr eenmal im Monat dit Pferdefuhrwerk an die Kiefernschonung neben de Garnison Vogelsang und holte die Fahrräder ab, die sich die Russen aus den Schuppen und Vorjärten der Anwohner freundlicherweise ›ausjeliehen‹ hatten. Man konnte seinen Drahtesel dann uff'm Hinterhof der Gemeindeschwesternstation wieda abholen. Gab also immer eenen Grund für unterschwelligen Hass, auch wenn der offiziell nicht jeduldet war.« Gerst starrte mit verlorenem Blick geradeaus in den Wald und war mit seinen Gedanken in ferner Zeit.

»Dann waren Sie wohl der einzige ›Russenfreund‹ hier?«

»Russenfreund hin oder her, ick wurde uff jeden Fall immer jerufen, wenn et irjendwat zu klären jab mit den Ortsansässigen. Für die offiziellen und jeheimen ›Unternehmungen‹ kam immer een Dolmetscher aus Berlin, außerdem konnten die meisten höheren NVA-Offiziere perfekt Russisch, so dat man dort auf meene Dienste verzichtete. Vielleicht war ick denen och nicht vertrauenswürdig jenuch. Die Russen haben hier och wie wild jebaut und 'ne Menge Zeug im Wald vergraben, een paar Sachen habe ick von den Mannschaften erfahren, aber vielet blieb da och im Verborjenen. Getuschelt wurde immer.« Gerst brummte eine russische Melodie vor sich hin. »Jeden Abend haben se gesungen, von der ›Rodina‹, der Heimat und verdammt, alle hatten se Heimweh.«

Ich deutete auf den Toten. »Wo der wohl herkommen mag? Die Kollegen lassen sich aber wirklich Zeit.«

»Dit wird wohl noch 'n Stündchen dauern. Als se damals unsere Scheune aufjebrochen haben, brauchten se vier Stunden. Denn haben se een paar Fotos jeschossen, een bisschen Puder hier, een bisschen Puder da, keene vernünftigen Fingerabdrücke, zwee Sohlen von Turnschuhen mit Gips ausjegossen. Zum Schluss haben se mir uff de Schulter jekloppt und jemeint, dass se de Täter wohl nich kriegen würden. Deshalb haben se mir auch gleich dit Formular für de Versicherung ausjeschrieben, damit dit mit de Zahlung schneller jeht. Kluge Leute, eure Kriminalisten. So wat is eener der Gründe, weshalb hier keener mehr so richtich Vertrauen in euch hat. Dreimal de Woche stehen die lieben Kollejen anne Senke vor de Autobahn, da wo Siebzich is, und holen die Leute raus, bei sieben km/h mehr. Dafür scheinta ja Zeit zu haben, Zeit, die euch bei de Verbrecherjacht fehlt.« Gerst grinste.

»Ich arbeite im Innenministerium, bin also kein richtiger Polizist und stehe auch nicht hinter einer Radarpistole.

Hab selber letzten Monat ein Ticket über dreißig Euro bekommen, war einfach ein bisschen schnell, Kollegen hin oder her. Wenn es nach mir ginge, wäre die Polizei auch wieder präsenter in den Orten, aber jedes Jahr sollen mehr Kosten eingespart werden. Zum Schluss bleibt nichts mehr übrig für die klassische Verbrecherjagd von Sherlock Holmes.« Ich grinste zurück und schüttelte mir ein paar Tropfen aus den Haaren.

»Wann sind denn die Russen hier abgezogen?«

Gerst kniff die Augen zusammen und dachte angestrengt nach.

»Ick glob vierundneunzig sind de letzten Militärs von Groß Dölln abjeflogen. Die hatten noch bis zum Schluss hier 'ne hoch jeheime Funkstelle, mitten im NATO-Gebiet, wie praktisch.« Er lachte vor sich hin.

»Dann waren da später in den wilden Jahren uff dem Jelände immer wieda ma Starts und Landungen, immer nachts. Offiziell wurde dit natürlich immer verneint, aber et jibt een Dutzend Einheimischer, die sich da noch sehr jut dran erinnern können. Transporter waren dit, dicke Transporthubschrauber, und so mancher teure Mercedes ist da in Richtung Osten verschwunden.«

»Einfach so aus Deutschland ausgeflogen? Die sind doch sicher auf dem Überwachungsradar zu sehen gewesen.«

»Die Piloten waren hier zum Teil über zehn Jahre stationiert. Die sind tausende von Flugstunden im Tiefstflug über de Baumwipfel jekrochen mit den dicken Mühlen. Was meinen Se, wie viele Beschwerden in Potsdam beim Rat des Bezirkes einjegangen sind, weil mal wieda dit janze Wochenende een Hubschrauber nach dem anderen über die idyllische Schorfheide jeflogen is. Die Piloten, die hier jeflogen sind, kannten die Gegend blind, die konnten mit verbundene Ogen bis Debica in Polen fliegen und haben dit och oft jenuch trainiert. Schon vorstellbar, dass die hier noch eene janze Zeit 'ne Umschlagstation für heiße Ware hatten.«

»Gab es denn keine Bewachung auf dem Russengelände? Die Treuhand hat doch jeden Scheiß bewachen lassen.«

»Die sind doch meest von die alten Stasitruppen bewacht worden. Sojenannte Objektschutzfirmen sind doch im Osten wie Pilze außem Boden jeschossen, und für die meesten Stasileute war'n die Russen Waffenbrüder. Viele von denen trauern heute noch der juten alten Zeit hinterher. Damals wurde manchet nich jesehen und nich jesehen, nich jeschehen ... Sie kennen die alte Weisheit ja.« Gerst schmunzelte. »Wo bleibt die Alte mit dem Tee, mir frieren langsam die Glocken ein.«

Zehn Minuten später brach Lore Gerst durch das Unterholz, auf dem Rücken einen Werberucksack von der SuperIllu.

»Mein Gott, du bist ja lauter als 'n Russenpanzer!« Gerst schnippte seinen Zigarillo in eine Pfütze. »Und, allet dabei?« Er nahm ihr den Rucksack ab und begann, den Inhalt auf einem alten Baumstamm auszubreiten.

»Meine Fresse, Lorchen, mit den Rum hastet aber jut jemeint.« Er schnalzte mit der Zunge. »Den merk ick bis inne Zehspitzen.«

»Ist dir dit och nich recht?«

»Doch, doch, allet jut, bist die Beste meene Kleene.«

Ich nahm einen ersten Schluck, der Tee hielt, was sein Geruch versprach. Lore Gerst hatte unbestritten ein glückliches Händchen für das Mischungsverhältnis von Tee und Rum. Die »Wildwurscht« war eine armdicke, etwa dreißig Zentimeter lange Wildschweinsalami. Zusammen mit dem etwas hart gewordenen Roggenmischbrot, selbstverständlich aus dem eigenen Brotbackapparat, war es eine Köstlichkeit, von der Heinrich Gerst mit der scharfen Klinge seines Pfadfindermessers Scheibe für Scheibe heruntersäbelte.

Chausseestraße, Berlin
»Was war denn am Wochenende bei Ihnen los, Witzler? Sind Sie Ihren Russen noch losgeworden? Woher wussten Sie denn, dass es ein Russe war?« Krause, mein neugieriger Chef, verlangte meinen ausführlich Rapport.

»Der Mann, der die Leiche gefunden hat, war früher Russischlehrer im Ort und kannte die verschiedensten Leute bei den Sowjets, weil er einer der Wenigen war, die sicher Russisch sprachen. Dadurch hatte er Kontakt zu den verschiedensten Waffengattungen der Sowjets. Der Tote hatte ein Emblem der russischen Marineinfanteristen auf dem Unterarm tätowiert, somit folgerte er, dass der Mann nur ein Russe sein konnte. Eine genaue Identifizierung ist noch nicht erfolgt. Auf jeden Fall hatte der Knabe keine Papiere bei sich und lag nackt im Wald. Die Mordkommission in Eberswalde hat den Fall übernommen. Ich bin namentlich ins Protokoll aufgenommen worden, das ließ sich leider nicht vermeiden.«

»Schon gut, Witzler. Ich habe das Gefühl, als ob wir an der Sache dranbleiben sollten. Wir haben immerhin einen vermutlich ausländischen Toten mit einer militärischen Tätowierung am Unterarm. Mal abwarten, was die Obduktion ergibt. Ich habe uns erstmal auf die Liste der zu benachrichtigenden Dienststellen gesetzt, prophylaktisch versteht sich. Ich überlege schon die ganze Zeit, wie ich Sie in den Ermittlungen platzieren kann, ohne dass BND auf Ihrer Stirn steht.«

»Immerhin habe ich nicht den Bundesadler auf dem Unterarm, alles andere sollten Sie einfädeln, Chef. Wir könnten meine Tarnung als Mitarbeiter des Innenministeriums nutzen, die Gersts haben es sowieso schon unter die Leute gebracht.«

»Ich lass das mal in unserer Führungsgruppe prüfen. Wenn es bestätigt wird, werden wir eine Arbeitsgruppe im Ausschuss platzieren, mit allem nötigen Pipapo. Wie gesagt, wenn wir grünes Licht dafür bekommen. Machen Sie Feierabend, Witzler, fahren Sie wieder raus in die Schorfheide. Genießen Sie die idyllische Ruhe.« Krause ließ mich abtreten und war schon wieder in eine Akte auf seinem Schreibtisch vertieft, als ich das Zimmer verließ.

Joachimsthal, Schorfheide

»Juten Abend, ham Se 'n Augenblick Zeit für uns?« Die beiden Alten standen mit ihren Ostfriesennerzen vor dem Gartentor. Diesmal hatte Lore Gerst ihre Kapuze auf dem Kopf und wirkte damit wie ein unheimliches Insekt. Sie mussten auf meinen Golf gewartet haben, ich glaube nicht an Zufall. Vielleicht hatten sie das Bedürfnis nach Konversation nach diesem grausamen Fund. Wahrscheinlich waren sie einfach neugierig darauf, ob ich schon was darüber wusste.

»Ja, kommen Sie mit rein.« Ich machte eine ausholende Geste. »Immer hereinmarschiert, rechts ist die Küche, die Schuhe behalten Sie bitte an, es ist sowieso nicht gewischt.« Ich nahm das dreckige Geschirr vom Tisch und platzierte es mit einigem Aufwand im schon überfüllten Geschirrspüler.

»Tschuldigung, hatte nicht mit Besuch gerechnet. Ich mach uns einen Tee, mit Rum.« Ich tippte Heinrich Gerst verschwörerisch auf die Schulter. Der nickte nur grinsend. »Aba nich mit'n Rum sparen, wat Lore.«

Kurze Zeit später überreichte ich zwei dampfende Tassen.

»Mensch, Herr Witzler, mit dem Tee ham Se ja een jenauso sicheret Händchen wie meen Lorchen, damit kann man ja Raketen betanken.« Gerst kniff genießerisch die Augen zusammen. »Echter Raketensprit!«

»Stimmt es eigentlich, dass hier in der Schorfheide früher nachts Raketen durch die Wälder gefahren wurden?«

»Na klar, hier war die 152. Raketenbrigade stationiert, ausjerüstet mit SS-12-Raketen. Die war'n uff England und Frankreich jerichtet. Dit war'n mobile Raketen uff riesige Lkw und der Sinn von mobilen Systemen is nu ma, in Bewegung zu bleiben. Sie werden hier im Wald immer noch uff Betonstraßen treffen. Jede Rakete hatte vier Feldstellungen, die heute meist zujewachsen sind. Aber wenn man wees, wat man sucht, kann man die noch finden. Wenn Se möchten, kann ick Ihnen mal eene zeijen, nich weit von hier.«

»Haben Sie die Raketen jemals aus der Nähe gesehen?«

»Zweema. Dit eene ma hab ick besoffen mit'n Fahrrad nachts den verbotenen Weg durch'n Wald jenommen und wäre beinahe von eene Streife über'n Haufen jefahren wor'n. Ick versuchte abzutauchen und flog in eene Stubbenkuhle, und als ick mir da so langsam rausquäle, höre ick dit Dröhnen von den riesen Lkw. Der rauschte da mit eene Rakete obendruff mit jut sechzich Sachen die Betonstraße runta, jefolgt von drei, vier Ural-Lkw und een Geländewagen. Dit janze hat vielleicht zehn Sekunden jedauert, denn war'n die im finsteren Wald verschwunden und man hörte nur noch dit tiefe Brummen der großen Motoren. Dit andre Mal hat ick paar Fallen im Wald uffjestellt, dit ist ja hoffentlich schon verjährt, und ick hoffe, Sie scheißen mir nicht noch nachträglich an!« Gerst griente wie ein Schuljunge.

»Als ick janz früh morgens die Fallen kontrolliere, brummt dit plötzlich von ferne und wieda rauscht so'n Raketenexpress durch'n Wald. Ick bin natürlich unten jeblieben, war ja damals allet Sperrjebiet, die hätten mir janz schön die Hosen stramm jezogen, hätt'n se mich erwischt. Eijentlich sind die ständig unterwegs jewesen, besonders wenn da drüben bei euch Manöver war'n. Dann waren hier alle in Alarmbereitschaft, die Panzerleute, die Artillerietruppen, die Raketen, och die Flieger in Groß Dölln. Dann war dit hier wie'n Bienenschwarm. Zu die Zeiten haben wa den Wald imma gemieden.« Gerst war in seinem Element.

»Waren denn damals auch Marineinfanteristen hier stationiert?«

»Stationiert waren keene, jedenfalls nich fest. Wenn die jroßen Herbstmanöver war'n, wurden aba von Groß Dölln och Marineinfanteristen einjeflogen, die man mit de Hubschrauber über de Ostsee abjesetzt hat. Die sind aba meist sofort nach de Manöver wieda verschwunden, bis uff'n paar Stabsoffiziere.«

Gerst genoss es, mit seinem Wissen vor mir zu glänzen. Das war eine Unmenge an Informationen, leider schienen sie aber alle nur die Vergangenheit zu betreffen. Die Leiche ist leider in der Gegenwart – und ziemlich übel zugerichtet.

Landeskriminalamt, Eberswalde

»Meine Damen und Herren, ich möchte Ihnen Herrn Witzler vorstellen, er ist uns vom Innenministerium zugeteilt worden.« Das Bedauern über diese Tatsache war der Stimme anzumerken. Ich musterte die anwesenden Kriminalisten, zwei Herren in Jeans und Lederjacke, eine Frau, jung, schlank, sportlich, mit einem schönen Gesicht, hohen Wangenknochen, einer modischen Kurzhaarfrisur und tiefbraunen, fast schwarzen Augen. Sie war fraglos ein Grund, so oft wie möglich an den Ermittlungen in Eberswalde teilzunehmen. Die anscheinend vertraute Runde murmelte eine kurze Begrüßung und verschwand in ihre Dienstzimmer. Sie hatten mich kaum beachtet, und es war offensichtlich, wie viel sie von der Weisung ihres Dienstherren hielten. Ich hatte Krause davor gewarnt, dass die Mordkommission Eberswalde sich nicht gern eine Laus in den Pelz setzen lassen würde, eine Ministeriumslaus. Aber Krause hatte Blut gewittert, der Russe im Wald ließ ihn nicht los.

»Achim Krause-Marciniak, Inspektor, Leiter der Mordkommission Eberswalde«, stellte sich der Mann nun selbst vor.

»Die Krauses verfolgen mich anscheinend, mein Chef im Ministerium ist ebenfalls ein Krause.«

»Ich bin ja eigentlich seit Jahren kein richtiger Krause mehr. Die Eltern meiner zweiten Frau hatten Angst, dass der wohl gelittene Name Marciniak mit der einzigen Tochter verloren gehen würde, so bin ich jetzt ein echter Krause-Marciniak. Früher habe ich bei Däubler-Gmelin immer geschmunzelt, so schnell kann es einen selbst erwischen.«

Der Mann konnte immerhin über sich selbst lachen, was bei nicht vielen Beamten in höheren Positionen vorkam. Ich hatte da schon einschlägige Erfahrungen gemacht.

»Im Hause werde ich ›Krause-M‹ genannt. Wenn also auf dem Flur über ›Krause-M‹ getuschelt wird, ziehen die lieben Kollegen über den Chef her. Nehmen Sie Platz, Herr Witzler!«

Name gemerkt und gleich persönlich angesprochen, er war ein Profi. Ich setzte mich in einen schmalen Clubsessel, der sich wesentlich tiefer erwies als ursprünglich angenommen. Es war kein Zufall, Krause-M lächelte verschlagen über den Tisch. Mir wurde bewusst, dass »setzen« bei Krause-M der erste Test war. Wie kam sein Gegenüber mit einer unerwarteten Situation zurecht? Überraschung, Empörung, Belustigung?

»Hoppla, bei Ihnen geht's ja tief hinab.« Ich lachte ihn offen an. »Mit so viel Gemütlichkeit hätte ich nicht gerechnet.«

»Die gehören hier eigentlich auch gar nicht her. Aber wenn ich die nicht hier hätte, hätte ich sie bei mir im Esszimmer. Wegwerfen war keine Option, die ich meiner Frau plausibel machen konnte. Die guten Sessel, seltene Erbstücke der weltgereisten Marciniaks! So hab' ich die Dinger mit ins Büro genommen, einen billigen Clubtisch gekauft und erschrecke damit Leute wie Sie!« Seine blauen Augen blitzten durch die randlose Brille. Ich schien seinen Test bestanden zu haben.

»Was wollen Sie eigentlich hier? Unseren Fall lösen? Uns Hilfe geben? Ich habe nichts gegen eine Aufstockung der Personaldecke. Ein kriminaltechnischer Hintergrund wäre aber eine wichtige Option für eine Mitarbeit. Obwohl ich auch nichts gegen frei denkende Quereinsteiger habe, solange sie die Grundregeln kriminalistischer Arbeit akzeptieren. Sind Sie so ein Quereinsteiger?« Er hatte mich fokussiert und zeigte mit dem linken Zeigefinger auf mich.

»Ich sage mal so: gründliche Recherche, kombinierendes Denken und unpünktlicher Feierabend sind bisher auch schon Aspekte meiner Tätigkeit gewesen. Außerdem bin ich ebenfalls Linkshänder, da sollte schon was gehen!«

»Guter Beobachter, Witzler. Ich darf Sie doch so ganz salopp so nennen?« Ich nickte schmunzelnd, Krause-M gefiel mir. So langsam konnte ich mich mit der Entscheidung meines Chefs anfreunden, die Russensache im Auge zu behalten.

Gerichtsmedizin, Frankfurt/Oder

»Er ist letztendlich durch die Nase getötet worden. Wir haben eine Weile gebraucht, um das herauszufinden. Neben den später hinzugekommenen Tierbissen waren alles andere Folterwunden, die dem Opfer über einen Zeitraum von etwa vier Stunden zugefügt wurden. Sehr schmerzhafte Wunden, sehr professionell ausgeführt, aber nicht tödlich. Man hat ihm mit glimmenden Zigarettenstummeln unzählige Brandwunden zugefügt, außerdem fehlen ihm an beiden Händen die Fingernägel und die Nagelbetten wurden durch spitze Werkzeuge mehrfach schwer verletzt. Seine rechte Brustwarze wurde abgerissen, anscheinend benutzten sie eine Zange, es befanden sich Spuren von Öl an den Wundrändern. Beim Öffnen des Schädels fanden wir Blut in der Schädelbasis, aber keine offensichtliche Verletzung dafür, weder einen Einschuss, noch ein Blutgerinnsel, das von einem Schlag mit einem stumpfen Gegenstand herrühren konnte. Erst als wir das Hirn herauslösten, stellten wir fest, dass jemand einen Holzstock, vermutlich Buche, durch den Nasenkanal ins Gehirn gestoßen haben muss. Material von der Spitze war noch in der Wunde und befindet sich im Augenblick im Labor.«

Ich hatte Obduktionen immer gemieden. Schon während des Studiums fand ich stes eine Ausrede, und der Grund dafür wurde mir gerade wieder bewusst. Das Innere meines Körpers setzte sich gegen den beißenden Geruch von Desinfektionsmitteln, den latenten Verwesungsgeruch, die monotone Stimme des Pathologen und die Intensität der bildlichen Situation zur Wehr. Alles in mir krampfte sich zusammen. Ich schaffte es gerade noch, eines der Edelstahlbecken zu erreichen und erbrach meinen Mageninhalt lautstark.

»Ich sende Ihnen das Protokoll per Mail.« Der Pathologe gab mir durch eine Geste den Wink, doch bitte den Raum zu verlassen. Die Gruppe der anwesenden Kollegen ignorierte meine ›Unpässlichkeit‹, nur die junge Kriminalistin drehte sich kurz um, und mir war, als hätte da ein schadenfrohes Grinsen in ihren dunklen Augen geblitzt. Scheiß drauf, Hauptsache raus hier.

Chausseestraße, Berlin
»Mona scheint sich jetzt öfter im Süden rumzutreiben.« Masslowitz ließ seine Bemerkung im Raum verklingen. »Flott unterwegs gewesen, die gute Mona!« Er winkte mit einem Computerausdruck und musterte mich berechnend.

»Andi, ich hatte so ein Gefühl.« Er kniff die Lippen zusammen, sein linkes Auge zuckte, er räusperte sich verlegen. »Also, ich hab Monas Nummernschild mal durch den Computer laufen lassen und siehe da, Mona war in den letzten zehn Tagen dreimal zu schnell, und jedes Mal war sie nicht allein im Auto.«

Ich hob den Kopf und schaute ihm ruhig in die Augen. Wollte ich wirklich wissen, was nun kommen würde? Masslowitz schien zu prüfen, ob ich die Wahrheit vertragen würde. Immerhin war ich vor meiner umfangreichen Ausbildung beim BND schon bei den Gebirgsjägern gewesen, und die damit verbundene harte militärische

Ausbildung machte mich zu einem sehr gefährlichen Mann, wenn ich durchdrehen sollte.

»Ach Scheiß drauf, hier, sieh sie dir selber an!« Er warf mir den Ausdruck auf den Schreibtisch. Langsam senkte ich den Blick, auf dem gelblichen Recyclingkopierpapier waren drei Blitzerfotos. Auf allen Bildern saß Mona auf dem Fahrersitz, sie trug die hässliche, große Brille, die sie zum Fahren tragen musste. Sie sah entspannt aus und auf zwei Bildern schien sie zu lachen. Vielleicht hatte der junge Mann auf dem Beifahrersitz einen Scherz gemacht oder ein Kompliment. Es war auf allen Bildern der gleiche Kerl. Ich betrachtete sein Gesicht. Er hatte eine beginnende Stirnglatze, seine volleren Backen und das Doppelkinn ließen darauf schließen, dass er etwas kräftiger gebaut sein musste. War er Monas Neuer? Gab es ihn schon, als wir unser Gespräch im IBSEN hatten? Oder womöglich noch länger? Wollte ich das wirklich wissen? Masslowitz hatte mich die ganze Zeit beobachtet.

»Mach keinen Scheiß, Andi, bitte! Das ist es nicht wert. Ich weiß, es ist hart. Ich habe auch wirklich lange überlegt, ob ich dir das zeige. Wie gesagt, ich hatte so ein Gefühl.«

»Schon okay, Micha, ich hab's geahnt«, log ich ihn an.

»Nimm's sportlich, Andi. Manchmal verliert man und manchmal gewinnen die anderen. Wir sind in unserem Job einfach viel zu wenig zu Hause, da wird es jungen Frauen langweilig. Die erzählen zwar alle etwas von Abenteurern und Piraten, aber letztendlich wollen sie dann doch lieber den pünktlich nach Hause kommenden Familienvater mit

Pantoffeln, Chips und 'nem möglichst großen Fernseher. Jedenfalls ... ich werde nicht mehr im Blitzerarchiv stöbern, und du solltest das auch lassen!«

Landeskriminalamt, Eberswalde
Masslowitz hatte recht, und im Augenblick wollte ich seinem Rat auch gerne folgen. Sollte Mona ihren Dicken haben. Wer mich nicht haben wollte, hatte mich auch nicht verdient, basta. Männer haben die Eigenschaft, sich mit Mauern der Unverletzbarkeit zu umgeben, wenn sie sich angegriffen fühlen. Einen Teil meiner Mauer hatte mein Chef unwissend aufgetürmt, denn meine nahe Zukunft würde mich nun nach Eberswalde verschlagen. Ich hatte ein eigenes Büro, ein »Verbindungsbüro des Innenministeriums«, wie es offiziell benannt wurde, um die notwendigen Mittel zu beantragen. Die hatte mein Krause nicht zu knapp gewählt. So verfügte ich über einen wirklich ultraschnellen Laptop und eine handvoll Tablets von Samsung, die sich permanent verschlüsselt über eine extra dafür eingerichtete Cloudadresse aktualisierten. Krause-M war von den zur Verfügung gestellten Mitteln sichtlich beeindruckt, betrachtete das ihm zur Verfügung gestellte Tablet mit Cloudzugang aber skeptisch.

»Sagen Sie, Witzler, wer liest alles auf ›unserer‹ Cloud mit? Oder wollen Sie mir allen Ernstes erzählen, dass da nicht ein drittes Augenpaar mitliest?« Was sollte ich ihm darauf antworten? Ich entschied mich dafür, ihn einfach anzulachen und durch einen Wink mit dem Zeigefinger die mögliche Richtigkeit seiner Überlegungen zu bestätigen, ohne das jemals gesagt zu haben. Die nächsten Wochen und Monate würde ich sehr eng mit ihm zusammenarbeiten, ich konnte und wollte ihn nicht als »dummen August« dastehen lassen.

»Na, Mageninhalt wieder aufgefüllt?« Ein paar tiefschwarze Frauenaugen funkelten mich provozierend an. »Krause-M möchte, dass wir beide an den Tatort fahren. Da ich keinen Dienstwagen mehr habe, können wir ja Ihren nehmen, dann brauchen wir keine der ausgenudelten Kisten aus der Fahrbereitschaft zu holen. Außerdem wollte ich schon immer mal Tiguan fahren.«

Mein Krause hatte mir nicht nur erstklassige Computer besorgt, er hatte auch den Golf, dem ich beim Leichenfund mit den Gersts die Bodenwanne völlig verbeult hatte, gegen einen nagelneuen VW Tiguan getauscht, leider in typischem Mausgrau lackiert, passend zu einem Nachrichtendienst. Es war aber alles drin, was sich eine junge Kriminalistin zu wünschen schien. Soeben hatte sie die Sitzheizung entdeckt, wie mir meine heißen Arschbacken verrieten.

»Mein Gott, wie die Karre abzieht, wow, 2 Liter TDI mit 140 Diesel-PS, das knallt aber richtig!« Meine junge Kollegin flog durch die langgezogene Waldkurve und trat auf der folgenden Geraden das Gaspedal bis aufs Bodenblech runter.

»Keine Angst vor Blitzern? Hier ist 70!«, warf ich beunruhigt ein.

»Wenn hier Kollegen wären, wüsste ich zuerst davon!«, lachte sie zu mir herüber. Voll in die Eisen gehend, rutschte sie in die von Laub bedeckte Querverbindung durch den Kaiserwald. Angelegt, um des Kaisers edle Rösser und Kutschen matschfrei zu den Jagdgebieten zu bringen, war der Weg mit einer Kleinpflasterung versehen, die im Laufe der letzten hundert Jahre an vielen Stellen auseinander gerutscht war.

»Geiles Fahrwerk!« Das linke Hinterrad rutschte über eine Bodenwelle, nur der angelegte Gurt bewahrte mich vor einem Flug durchs Dach.

»Da vorn rechts, dann sind wir da!« Meine Chauveuse rutschte quer stehend über den Waldweg und stoppte genau an der rotweißen Absperrung.

»Wer sind Sie zum Teufel und wo haben Sie so fahren gelernt?« Langsam kam wieder Farbe in mein Gesicht. Ich stand neben meinem neuen Dienstwagen, der völlig mit Schlamm und Dreck überzogen war. Diese Frau war eine Irre.

»Milena Levandowski, wie der Fußballer, Sie können mich Mila nennen. Mein Vater war polnischer Rallyemeister in den achtziger Jahren. Ich habe mit neun das erste Mal hinterm Lenkrad gesessen. Mit zwölf hat er mich allein zum Bier holen ins zehn Kilometer entfernte Kosztryn geschickt. Ich bin praktisch mit Benzin im Blut großgeworden.«

»Sie sind Polin?«

»Wir können uns duzen, wenn Sie nichts dagegen haben, oder wollen Sie unbedingt weiter ›Witzler‹ genannt werden? Ich bin übrigens genauso deutsch wie Sie. Jedenfalls seit 1993, damals sind wir hier in die Gegend von Eberswalde gezogen. Wir haben deutsche Wurzeln, und so war ein Umzug nach Deutschland ohne Probleme möglich. Als ein entfernter Verwandter hier seinen Hof verließ und nach Hessen zog, um sein Glück im Westen zu suchen, entschloss sich mein Vater, mit mir hier anzusiedeln. Er hatte schon in Polen für den Stoßdämpferhersteller MONROE als Vertreter gearbeitet und baute sich hier ein schönes Kundennetz auf. Für seine Tochter wollte er einen sicheren Job, und so war eine Beamtenlaufbahn erste Wahl. Ich hatte das Glück, noch wenigstens die Richtung bestimmen zu können. Nach seinen Vorstellungen wäre ich beim Finanzamt gelandet, mitten zwischen langweiligen, Schokolade fressenden, grauen Bürotanten. Kripo war für ihn viel zu gefährlich. ›Zu gefährlich‹ – das von einem Rallyefahrer.« Sie griente mich an. »Wollen wir?«

Ich stand irgendwie auf der Leitung. Das Temperament meiner neuen Kollegin erschlug mich geradezu und die lachenden schwarzen Augen hatten sich durch meine Großhirnrinde geblitzt. Witzler, es ist eine Kollegin!

»Ich bin Andreas, Andi, also Andi Witzler.«

»Schon klar, Andi.« Sie lachte und verschwand in Richtung des Steinhaufens, wo die Gersts den wundersamen Russen gefunden hatten. Die Kollegen hatten noch überall die Fähnchen an den Spurenorten zu stecken.

»Wir gehen bis jetzt davon aus, dass der Fundort nicht der Ort der Tötung ist. Haben die Kollegen aus dem Labor eigentlich schon irgendwelche Ergebnisse vermeldet?« Mila kroch auf allen Vieren zwischen den Steinen herum, hob hier und da einen Stein hoch und ihre Augen suchten den Boden nach einem nur ihr bekannten Raster ab.

»Wenn er woanders getötet und dann hier abgelegt wurde, muss er doch irgendwas von dort mitgebracht haben, eine Spur, einen Geruch, jeder Ort hinterlässt irgendeine Spur. Er muss doch irgendwie transportiert worden sein, vermutlich mit einem Auto.«

»Es wurden Reifenspuren gefunden, Yokohama 255iger, Erstausrüsterqualität von VW für die großen Touareg-Modelle. Wahrscheinlich sind die von dem oder den Tätern. Die Förster hier fahren nicht solche Dickschiffe. Sie können natürlich auch von einem der wohlhabenden Jagdbegeher sein, der seinen Edel-SUV hier geparkt hat, immerhin befinden sich hier im Umkreis von fünfhundert Meter vier Hochsitze. Wäre also zu prüfen, ob einer der Herren in der letzten Woche im Revier war.« Ich machte mir eine kurze Sprachnachricht auf meinem Tablet.

»Na, wieder was in die Wolke gesendet?« Mila grinste mich an. Sie hatte die Nutzung einer gemeinsamen Cloud für das gesamte Team zwar nicht so offensichtlich kritisiert wie ihre alten Kollegen, bisher hatte sie aber auch noch keinen Beitrag darin hinterlassen. Einzig ein paar Tatortfotos hatte ich im Fotoordner gefunden, ansonsten hielt sie anscheinend nicht viel davon, zu teilen. Ein blinkendes Symbol verriet mir Neuigkeiten in der Cloud. Zwei Schritte weiter wusste ich, dass die Gerichtsmedizin ihren Abschlussbericht hinterlassen hatte und dass der ein ungewöhnliches Detail enthielt. Bei einem chemischen Test hatte man am Kopfhaar des jungen Mannes Spuren von Mehlstaub gefunden, Weizenmehl mit chemischen Zusätzen. Kein einfaches Mehl, eher eine Mischung ähnlich der für einen Brotbackautomaten. Der hinzugezogene Lebensmittelchemiker stellte fest, dass es sich um eine professionelle Mehlmischung handelte, wie sie in Großbäckereien verwendet wird.

»Scheint ein ›Bäckerbursche‹ gewesen zu sein.« Mila hatte mir über die Schulter gesehen.

»Mein Gott, vielleicht hat er auch nur irgendwo ein Brot gekauft und sich nach dem Verpacken mit der Hand über den Kopf gestrichen. Das Zeug kann von überall sein.«

»Jetzt geht der Scheiß schon wieder los!« Die ersten Regentropfen rauschten durch das Blätterdach und noch bevor wir den Tiguan erreicht hatten, waren wir völlig durchgeweicht.

»Fahr doch mal am ›Kaiserbahnhof‹ vorbei. Ich brauche unbedingt einen heißen Kaffee.« Mila jagte den dreckverschmierten Tiguan durch Joachimsthal.

»Wenn es Spuren von Geländereifen gibt, dann müssen dort auch Spuren von Schuhen sein, die können den Russen ja nicht aus dem Wagen zwischen die Steine geworfen haben?«, bemerkte Mila über ihren Kaffee gebeugt.

»Tja, Mila, wenn du die Cloud ab und zu checken würdest, hättest du im Spurenbericht lesen können, dass man zwar Fußspuren gefunden hat, aber keine Spuren hinterlassen wurden.« Sie sah mich zweifelnd an.

»Spuren hinterlassen, die keine Spuren waren? Was rauchen unsere Spurenfritzen eigentlich?«

»Sie sind sich sicher, dass es zwei Täter waren, ein normal gewichtiger und einer, der sicher gut hundert Kilo hatte, das hätten sie anhand der Abdrucktiefe ermittelt.

Die Sohlen unserer Täter waren aber völlig glatt, so glatt wie ein Babyarsch, keine Rille, kein Kratzer, kein Markenstempel. Das waren Profis. Unser Russe ist vermutlich nicht für eine Tüte Mehl gefoltert und getötet worden. Ich habe das Gefühl, es geht hier um was ganz Großes, und das macht mich unruhig.« Ich nahm den letzten Schluck des inzwischen kalt gewordenen Kaffees und orderte per Handzeichen bei Matthias, dem Besitzer des ›Kaiserbahnhof‹, zweifachen Nachschub. Er verstand mein Handzeichen richtig und stellte einen großzügig portionierten Brandy mit aufs Tablett.

»Du fährst doch meinen Tiguan so gern!«, lachte ich Mila zu und schüttete den Brandy in meinen Kaffee. »Sag mal, Mila, hast du nicht Lust, das Auto mit nach Eberswalde zu nehmen? Wir können doch morgen hier in Joachimsthal weitermachen.« Ich setzte mein »gewinnendes Lächeln« auf.

Vier Brandy später setzte mich Mila leicht angeschlagen an meiner Gartentür ab. Es gab allerdings eine Überraschung, und zwar eine der unnötigen. Ich hatte vergessen, dass mich morgen früh ein Termin bei meinem BND-Krause erwartete. Kurz vor dem Einschlafen durchzuckte mich der Schlag der Erinnerung. Hellwach durchforstete ich meine Bahn-App. Zehn Minuten später war klar, dass ich nur noch knappe vier Stunden Schlaf hatte und Punkt sechs vom Bahnhof Joachimsthal starten müsste. Verdammt, hoffentlich hatte Mila morgen viel Spaß mit meinem bequemen Tiguan. Sitzheizung gegen Frühschichtromantik getauscht, Witzler, du bist so ein Vollidiot!

Chausseestraße, Berlin

Frau Junkers winkte mich sofort durch zu Krause, was eigentlich nicht ihre Art war. Krause musste es so angeordnet haben.

»Er wartet schon!« Ich sah auf die Uhr im Büro, drei Minuten vor acht, alles im Lot.

»Nehmen Sie Platz, Witzler. Kaffee? Frau Junkers, bringen Sie uns doch bitte eine Kanne Kaffee und eine Keksmischung.« Wenn Krause Keksmischung orderte, war irgendwas im Busch.

»Wir haben einen zweiten Toten, Witzler!«

»Einen zweiten Toten? Aber nicht bei uns, davon wüsste ich. Hab vorhin noch mit Krause-M telefoniert, der wusste nichts von einem Toten und in der Cloud stand auch nichts.«

»Nicht in Ihrer Cloud, aber in meiner!«

Ich sah ihn anscheinend ziemlich verwirrt an, jedenfalls hob er theatralisch die Hand.

»Davon hab ich immer geträumt in meinen schlaflosen Nächten, und jetzt ist es passiert. Vorgestern fand die Polizei im schönen Köpenick einen toten, nackten Mann mit einem sauberen Neun-Millimeter-Loch in der Herzgegend. Also wurde die Kripo eingeschaltet. Die Leiche kam in die Pathologie, man nahm die Maße, Fingerabdrücke, gab alles fein säuberlich in den Computer ein, machte Fotos, ließ die Daten durch die Identifizierung laufen und: kein Ergebnis! Da die Identifizierung seit dem 11. September im Hintergrund auch an unser Archiv gekoppelt ist, liefen Maße, Fingerabdrücke und die Fotos auch durch unseren riesigen Fundus. Dann der Supergau! Das Gesichtsbild wird erkannt, passt zur entsprechenden Größe, Fingerabdrücken, Zähnen und wird einem Konstantin Michaelowitsch Tschernow zugeordnet. An sich kein Problem, wenn Tschernow nicht in den Achtzigern ein Major des KGB gewesen wäre, ein Major mit Sitz in Dresden. Sein damaliger Stationschef war der heutige Präsident Russlands, Wladimir Putin. Offiziell ist Tschernow 1992 aus Deutschland verschwunden und wurde nach unseren Angaben 1993 pensioniert. Seitdem pflegt er seine Rosen in einem Vorort von Moskau. So dachten wir bis heute jedenfalls. Verrückte Angelegenheit!« Er lehnte sich zurück und nahm einen Schluck aus seiner Kaffeetasse, die Frau Junkers gerade vor ihm abgestellt hatte. Krause wäre nicht Krause, wenn das dicke Ende nicht zum Schluss kommen würde.

»Ein toter KGB-Major in Berlin ist an sich schon keine nette Überraschung, aber der alte Knabe hatte Mehlspuren im Haar, die gleichen Mehlspuren wie ihr Russe in der Uckermark, und das wirft uns gerade die Eiswürfel ins Glas.« Ich liebe meinen Krause für seine blumige Art, die so gar nicht zu seiner mausgrauen Erscheinung passt.

Joachimsthal, Schorfheide

Mila und ich hatten den ganzen Tag versucht, Zeugen zu finden, die einen schweren Geländewagen mit zwei unauffälligen Typen gesehen hatten, aber Fehlanzeige. Anscheinend wurde die Aktion bei Nacht durchgezogen. Sie hatten sich leider auch keine Bockwurst bei Dieter in der Tankstelle geholt. Den hatten wir eben befragt und saßen nun eben diese mampfend im frisch gewaschenen Tiguan.

»Was machst du eigentlich in Berlin?«

»Bürojob, Verwaltung, Akten stapeln, such dir was aus.«

»Scheinen schwere Akten zu sein.« Sie kniff mir in meinen Bizeps. Zugegeben, mit meinen Jeans, dem Hilfiger-Kapuzensweater und der Lederjacke sah ich nicht wie ein Aktenhengst aus, und weiß Gott, ich war ja auch keiner.

»Ich mache Sport, gehe laufen, schwimmen, fahre Rad.«

»Ah, ein Ironman!« Mila grinste durch die Frontscheibe.

Restaurant Seewolf, Joachimsthal

»Ja, da waren zwei Burschen, teure Klamotten, teure Kiste, so'n dicker Brummer von VW, haben hier zweimal Zander bestellt, da drüben am Schattentisch haben sie gesessen. Sagen Sie mal, Sie sind doch der, der den Russen im Wald gefunden hat, oder?« Ich nickte.

»Eigentlich haben die Gersts den Russen gefunden, ich habe dann aber die Polizei, na, die Kollegen gerufen.« Mir wurde gerade klar, dass ich ab jetzt für alle Joachimsthaler ein Teil der Eberswalder Ermittlungsbehörden war und das auch überzeugend rüberbringen musste. Fuck the BND.

»Ist Ihnen irgendwas an denen aufgefallen, hatten Sie einen Akzent, Tätowierungen, Ringe, irgendwas Ungewöhnliches?« Mila sah die Fischersfrau vom »Seewolf« eindringlich an.

»Geredet haben die nicht viel. Der eine hat ›Zweimal Zander‹ gesagt, einfach, klar und deutlich, ansonsten war da nichts. Wie gesagt, waren schmucke Kerle. Ich frag mal meinen Mann.« Sie drehte sich zur Küche. »Jens, erinnerst du dich an die beiden Kerle von letzter Woche, die mit dem dicken VW?« Fischer Wolf, von dem das Fischrestaurant seinen Namen »Seewolf« geerbt hatte, schlurfte in seinen Gummilatschen aus der Küche.

»Die waren aus Berlin, jedenfalls hatte die Karre ein Berliner Kennzeichen, echt heiße Kiste, einer von den V10 TDIs mit 350 PS, aber das interessiert Sie als Frau sicher nicht«, lachte er zu Mila herüber. Wenn der wüsste, wie er sich gerade geirrt hatte. Mila lächelte einfach das nette Lächeln eines Mädchens, das lieber mit Puppen spielt.

»Können Sie sich an das Kennzeichen erinnern?«

»Auf jeden Fall war vorn ein ›B‹!« Wolf schien ein Witzbold zu sein. Mila ignorierte seinen schlechten Humor.

»Vielleicht haben Sie auch noch eine Nummer im Kopf, welche Farbe hatte der Wagen, hatte er Beschädigungen oder auffällige Extras wie Zusatzscheinwerfer, einen Bullenfänger, extravagante Felgen oder so? V10 TDI ist ja nur von außen am Schild zu erkennen, und auch wenn davon nicht so viele gebaut wurden, brauchen wir schon etwas mehr Informationen als 350 PS, Herr Wolf!«

Da war jemanden Wolfs männliches Machogetue aber sauer aufgestoßen. Mila sah Wolf herausfordernd in die Augen. »Kommen Sie, Herr Wolf, ein Mann wie Sie kann sich doch an mehr erinnern als an ein ›B‹ auf dem Kennzeichen.«

»Ja, da war noch was, was mich stutzig gemacht hat. Die Karre hatte ein Berliner Kennzeichen aber die Nummerschildunterlage war von VW Lopinski aus Stettin in Polen. Da hab ich noch gedacht, vielleicht ist es ja eine von den in Deutschland geklauten Karren.«

»Aber, aber, Herr Wolf, auch in Polen kaufen ehrlich Leute ehrliche Autos beim freundlichen VW-Händler um die Ecke. Trotzdem vielen Dank für diese Informationen, wir müssen leider weiter. Sie erhalten von uns eine Zeugenvorladung, dann können wir das in unserem Büro in Eberswalde alles noch mal zu Protokoll nehmen. Was bekommen Sie für den Kaffee?« Fischer Wolf winkte mit einer großzügigen Geste ab.

»Auf Wiedersehen!« Mila stand auf und ging zügig zu meinem Tiguan, ich hastete hinterher. Sie startete, und noch bevor ich mich richtig angeschnallt hatte, raste sie rückwärts aus der Parklücke, ließ den Wagen durch einen beherzten Lenkradruck und einen kurzen kräftigen Tritt auf die Bremse vorn herumrutschen, und ohne die Fahrt zu unterbrechen jagte sie vorwärts davon, um sich mit einem rasanten Drift zwischen zwei Langholztransporter auf die Seerandstraße zu quetschen. Bei knapp hundertfünfzig Sachen ging sie oben an der Kreuzung zum Nettomarkt voll in die Eisen. Da war jemand sauer. »V10 ... 350PS ... interessiert Sie als Frau sicher nicht ... blablabla, Machoarsch!«

»Mila, die meisten Mädels hier in der Gegend fahren Polo«, grinste ich herüber.

Landeskriminalamt, Eberswalde

»Die Mehlreste sind aus einer russischen Brotbackmischung. Wir haben die Reste im Labor untersuchen lassen, es kommt nach Aussage unserer Experten keine deutsche Firma in Frage. Die russische Firma, der man die Mischung jetzt zuschreibt, wurde vor fünf Jahren in einem Vorort von Moskau gegründet. Sie ist ein russisches

Joint Venture mit Nussla. Die Schweizer haben sich auf dem interessanten russischen Markt schon ziemlich breit gemacht, und da Putin die Einfuhr von Fertigerzeugnissen mit Hilfe von Sonderzöllen eindämmt, gehen die Schweizer eben die Unternehmen vor Ort an, ziemlich aggressiv, aber wirkungsvoll! Die entscheidende Frage ist jedoch, wieso haben ein russischer Marineinfanterist und ein pensionierter KGB-General identische Mehlspuren einer Brotbackmischung in den Haaren?« Krause-M stoppte seinen Redefluss und nahm einen Schluck seines kalt gewordenen Kaffees, ohne Zucker versteht sich, Krause-M war manchmal zum Schütteln.

»Andi, könntest du bitte über eure Kontakte im Innenministerium mal versuchen, bei Nussla eine Tür zu öffnen. Es ist davon auszugehen, dass die dort sicherlich eine Kundenübersicht ihrer Firmenbeteiligungen haben. Mich würde interessieren, ob da irgendwo deutsche Kunden im russischen Portfolio sind.«

Eine Stunde später war ich auf der A11 in Richtung Berlin unterwegs, der Tiguan war blitzblank und vollgetankt, selbst das Bonbonpapier meiner Minzdrops hatte Mila aus der kleinen Ritze am Beifahrersitz gesammelt. Kurz vor der Raststätte Finowfurt überkam mich der Appetit auf eine Bockwurst in der ansässigen Aral-Zapfstelle. Die hatten die knackigsten Bockwürste weit und breit, sicher waren da Unmengen gemahlener Schwarte und anderer sonst nicht mehr verwertbarer Schlachtreste drin. Solange diese Reste aber eine so knackige Wurst ergaben, war mir das völlig egal. Eine Wurst, dreimal Senf, auf das Brötchen verzichtet. Brot macht fett!

BND-Zentrale, Berlin
»Den Weg zu Nussla können Sie sich sparen, Witzler. Ich hab bereits eine Kundenübersicht der Moskauer Fabrik.« Mein Chef lächelte wie immer still vor sich hin, wenn er eine unkommentierte Neuigkeit auf den Tisch legte.

»Masslowitz wird die Datei überarbeiten, damit alle Klarnamen verschwinden, dann können Sie die Daten in der ›Mordcloud‹ hochladen und Ihre Kollegen in Eberswalde glücklich machen. Wir haben noch eine kleine Sensation entdeckt.« Krause lächelte noch breiter.

»Ich habe Ihnen doch vom toten Konstantin Michaelowitsch Tschernow erzählt, der Mehlstaub in seinen Haaren hatte. Ich hatte während Tschernows Zeit in Deutschland des Öfteren mit ihm zu tun. Damals war ich die rechte Hand unseres heutigen Hauschefs, der zu dieser Zeit auf meinem Stuhl saß, auch wenn die Abteilung noch einen anderen Namen hatte. Es gab in der Zeit des Kalten Krieges eine Menge Informationen zu tauschen, was über öffentliche Kanäle nicht zu regeln war. Tschernow hat sich nie mit mir persönlich getroffen. Ich hatte fünfmal Kontakt zu seinem Arbeitsbereich, dreimal während der Leipziger Messe und zweimal beim Festival des Politischen Liedes in Berlin. Jedesmal traf ich mich mit einem jungen Offizier, der vortrefflich deutsch sprach und von feiner Wesensart war. Ich erinnere mich noch heute an unsere ausgiebigen Arbeitsessen, die oft mit Gesprächen über russische Musik und Literatur einher gingen. Wolodja Krulkin, so war sein Name zu dieser Zeit. Als unsere Computeraffen letzten Freitag die Kundenlisten der russischen Backmehlbude durchforsteten und

Firma für Firma durchleuchteten, die Daten aus dem jeweiligen Impressum überprüften und die Namen der verantwortlichen Geschäftsführer auflisteten, kommt einer unserer Neuzugänge auf die Idee, zu jedem Namen eine Bildersuche zu machen. Wer dann auf die Idee kam, die Bilder durch ein Alterungsprogramm zu jagen, ist noch umstritten, aber als Chef hefte ich das mal an meine nicht mehr ganz so weiße Weste.«

Krause griente. »Sie kennen doch diese kleinen lustigen Programme, mit denen man Leute künstlich altern lassen kann und der sportliche Onkel Bernd plötzlich eine Glatze und einen schlecht gestutzten Schnauzbart hat. Müssen Sie kennen, Witzler, war der Brüller auf Familienpartys vor einigen Jahren! Die Profiprogramme davon können diese Aktion auch anders herum. So wurden aus den alten Vögeln auf den Fotos der Firmenchefs wieder junge Burschen mit frechen Gesichtern, klaren Augen und vollem Haupthaar. Nach einigen Lachern dachte ich, mich laust der Affe, denn einer der »Backstubenchefs« war zu meinem damaligen Kontakt Wolodja Krulkin zurück gealtert. Von der Wühlmaus zum Mehlwurm, was für eine Metamorphose.«

Krause hielt kurz inne, um bei Frau Junkers zwei Espresso Dopio und zwei Puddingteilchen zu ordern. Seit Krauses Dienstreise nach Mailand hatte Frau Junkers eine teure Kaffeemaschine in der Teeküche und reichte dem Chef, wann immer es beliebte, einen Espresso. Da er als Deutscher eher volle als halbvolle Tassen mochte, war der Espresso natürlich »Dopio«, damit die kostbare kleine Tasse auch randvoll war.

»Krulkin war ein charmanter Russki mit guten Manieren, immer in edles Tuch gewandet. Am Revers trug er einen winzigen Roten Stern aus Rubinsplittern in einer goldenen Fassung. Letztendlich war er aber der Dackel von Tschernow, und da die Beförderungsrichtlinien im alten KGB noch verstaubter waren als die unsrigen, wird er das auch bis zur Auflösung der roten Schnüffeltruppe geblieben sein, vielleicht auch darüber hinaus. Der Affe soll mich lausen, wenn hinter den einundfünfzig Prozent der russischen Beteiligung an der Backmehlbude nicht Tschernow steckt, während Krulkin auf dem Briefpapier steht. Damit wären wir dem Punkt, warum der tote Genosse Tschernow Mehlstaub im Haar hatte, einen Schritt näher gekommen. Wer aber hat ihn flachgelegt? Der gleiche Mörder, der auch den Marineinfanteristen getötet hat oder vielleicht Krulkin, weil der auch mal vorn stehen wollte? Ein konkurrierender Backbetrieb? Ein wild gewordener Tschetschene? Oder hat Tschernow nur der falschen Frau die Nacht versüßt und vom gehörnten Ehemann eins zwischen die Augen bekommen?«

Krause schob sich das zweite von mir höflich abgelehnte Puddingteilchen in einem Stück in den Mund, wischte sich die Mundwinkel mit der von Frau Junkers vorausschauend mitgereichten Serviette ab und entließ mich nach Eberswalde.

»Sehen Sie zu, dass wir mehr über die Touareg-Besatzung herausbekommen. Der Wagen ist übrigens nie bei Lopinski in Stettin über den Ladentisch gegangen, so eine Nummernschildplatte kann aber jeder kleine Gebrauchtwagenhändler montiert haben. Drehen Sie mal diesen Fischer durch die Mangel, diese Leute erinnern sich manchmal an die kleinsten Details, wenn man sie richtig anpackt!« Er winkte mich aus dem Büro.

Drehen Sie mal diesen Fischer durch die Mangel! Krause schien sich wieder in den Achtzigern zu befinden, Knarre in den Mund stecken und vom zugeführten Zeugen ausführliche Antworten auf scheinbar sinnlose Fragen erpressen. Mein Gott, das war seit fünfundzwanzig Jahren vorbei. Wer heute einem normalen Bürger das Waffenöl der Dienstwaffe zu schmecken gab, konnte ihn danach nur erschießen und verschwinden lassen, denn den Kampf gegen den im Überlebensfall auftauchenden Rechtsanwalt konnte man nur verlieren.

Ich hatte aber eine Waffe, effektiver und kompromissloser als jede Neunmillimeter … Mila! Der Gedanke an Mila und die für morgen früh angesetzte Zeugenvernehmung ließ mich beschwingt das Gaspedal runtertreten. Kurz vor der Abfahrt Joachimsthal sah ich den roten Blitz und musste grinsend an Milas Worte denken. »Wenn die hier stehen würden, wüsste ich als erste davon.« Wäre schön gewesen, wenn ich auch davon gewusst hätte, aber Dank der neuen Nummernschilddatei würde nur eine Mitteilung auf den Tisch unseres Fuhrparkleiters flattern, der sie nach Durchsicht der Post als unzutreffend einstufen und dem heiligen Ort des Papierkorbs übergeben würde, zum Feierabend geleert, verbrannt und aus den digitalen Speichern entfernt. Dieser Wagen war zu keiner Zeit an keinem Ort – der schönste Vorteil meines neuen mausgrauen Tiguan.

Landeskriminalamt, Eberswalde
Mila kam zu spät. Ich hatte dem im Vernehmungsraum wartenden Fischer Wolf einen Pappbecher mit lausigem Behördenkaffee, wie gewollt nur mit Milch ohne Zucker, hingestellt. Sein angeekelter Gesichtsausdruck auf meinem Laptop ließ erkennen, dass er sich im Augenblick wünschte, doch besser Zucker genommen zu haben, Kohlenhydrate hin oder her. Ob sich Naturbuschen wie Fischer Wolf darüber überhaupt einen Kopf machten? Eigentlich mochte ich ihn ja. Joachimsthaler Urgestein, Dickkopp, einer, der sich durchsetzte, wenn es um seinen See und seine Fische ging, der auch mal 'ne Angelkarte verweigerte, wenn ihm das Gesicht nicht passte. Ich hatte in der Anfangszeit mit Mona so manchen frischen Fang aus den Netzen von Fischer Wolf auf den Grill geworfen, lecker mit frischem Salat und Zitrone, eine Köstlichkeit. War es gerecht, so einen guten Typ einer durchgeknallten, polnischen Rennfahreremanze zum Fraß vorzuwerfen? Mila war inzwischen angekommen und schnurstracks in den Vernehmungsraum gestürmt.

»Guten Morgen, Herr Fischer. Sorry, Herr Wolf natürlich. Augenblick noch, ich hole mir auch einen Kaffee.«

Milas Stimme in meinen Kopfhörern war wie das tiefe Schnurren einer gefährlichen Katze, einer Katze mit herrlichem Geläuf, wie die zufällig auf ihren süßen prallen Jeansarsch gerichtete Kamera bewies. Ach Mila, mach mit dem alten Fischer was du willst, Hauptsache ich darf dabei zusehen. Soviel zum Zusammenhalt unter Männern! Da konnte der gute Kerl noch so viel guten Fisch an Land ziehen. Mila kochte ihn vier Stunden weich wie einen guten alten Karpfen, und ich hätte nie gedacht, dass die beiden am Ende beim Unterschreiben des Vernehmungsprotokolls lachen würden. Mila hatte außerdem ab sofort ein üppiges Fischdinner im Seewolf frei. Wolf hatte sich im Gegenzug zu einer Erlebnisfahrt in meinem Tiguan bei Mila angemeldet. Eifersucht wäre nicht das richtige Wort, aber irgendwas wühlte in mir. Ruhig, Witzler, sie ist nur eine Kollegin, Wolf viel zu alt und außerdem verheiratet. Krieg dich wieder ein!

»Der Touareg hatte rechts ein kaputtes Spiegelglas und Kratzer auf dem Spiegelgehäuse, vielleicht hat er einen Baum gestreift. Wir sollten mal im Umfeld des Tatorts nach Bäumen mit Lackspuren suchen. Außerdem haben wir jetzt auch eine vermutliche Zahl des Nummernschildes, eine 7.« Mila war voller Energie, von vier Stunden intensiver Vernehmungsarbeit war nichts zu spüren.

»Ich gebe das gleich mal in den Computer. Andi, kannst du das für mich in die Cloud stellen, dann hat Krause-M es auch sofort.« Siehe da, meine neumodischen Methoden schienen langsam zu greifen, auch wenn ich mir damit Mehrarbeit einfing, konnte ich Mila diese Bitte nicht abschlagen. Was konnte ich dieser Mila überhaupt abschlagen? Mein Gott Witzler, dir fehlt wirklich 'ne Frau. Ich hatte das Grundstück in Joachimsthal jetzt seit einigen Jahren und wusste nichts über die »Lustobjekte« in meiner direkten Umgebung, wusste nicht, wo es eine Bar gab, wo eine Disco stand, wo die prallen Girls der Uckermark tanzten. Wirre Gedanken schossen durch meinen Kopf. Ich war mit Mona nach Joachimsthal gekommen. Sie hatte dieses Grundstück entdeckt. Jetzt war ich hier und Mona war in Berlin mit ihrem dicken Freund. Die Beziehung schien anhaltend schön. Beim letzten Besuch meiner Dienststelle hatte ich über Masslowitz Computer eine Gesichtsbildabfrage gemacht und siehe da, man lachte noch zusammen. Ich hatte kein gutes Gefühl dabei, fand es aber erstaunlich, wie kalt mich die Sache eigentlich ließ. So kalt, dass ich neugierig nach Bildern von ihr suchte und verbotenerweise die extravaganten Möglichkeiten meines Berufes dabei nutzte. Witzler, man kann sich die Realität auch schönreden.

Chausseestraße, Berlin

»Nehmen Sie Platz, Witzler. Espresso?« Krause hatte mich überraschend einbestellt.

»Ich mache mir Sorgen um Sie, Witzler.«

»Um mich? Gibt's einen Grund?«

»Vielleicht können Sie mir sagen, ob ich Grund zur Sorge habe. Reden wir nicht lange um den Brei herum. Mir ist von der IT gemeldet worden, dass es vermehrt Kfz- und Gesichtsbildabfragen aus Ihrem Büro gab. Abfragen, die sich in keiner Weise mit den aktuellen Aufgaben von Ihnen und Masslowitz decken. Da die Anfragen alle über Masslowitz Computer liefen, kam ich zu drei Schlussfolgerungen: Entweder haben Sie sich Zugang zu Masslowitz Laptop verschafft, oder zweitens, Masslowitz ist ein guter Freund, der Ihnen auch mal einen privaten Gefallen tut, oder drittens, und das schließe ich nach Ansicht des Materials allerdings aus, ist Ihr Partner scharf auf Ihre

Exfreundin. Exfreundin ist ja wohl richtig, da Sie vorgestern Abend wieder mit demselben Mann an ihrer Seite auf der Greifswalder einen Blitzer erwischt hat. Also, Witzler, muss ich mir Sorgen machen, dass Sie eines Nachts am Bett Ihres Rivalen stehen und ihm die Kragenweite seines Pyjamas auf Null stellen wollen?«

Ich sah Krause verdutzt ins Gesicht. Mir war klar, dass dummes Gefasel über Privatsphäre und »meine Angelegenheit« fehl am Platz waren. Mein Arbeitgeber war ein Nachrichtendienst und ich mit Unterschrift meiner Anstellung ein gläserner Mensch.

»Kein Grund zur Sorge. Ich bin durch mit Mona ... vielleicht noch nicht ganz durch, aber ich kann mit der momentanen Situation gut umgehen. Verdammt, wenn sie einen kleinen Dicken will, dann soll sie ihren kleinen Dicken haben.«

Krause sah mir ruhig ins Gesicht. »Okay, trotzdem würde ich Ihnen empfehlen, beim psychologischen Dienst vorbeizuschauen. Nicht, dass es Ihnen zwingend helfen wird, aber eine professionelle Einschätzung der Dinge würde mir die Arbeit erleichtern. Sehen Sie es als Chance, suchen Sie sich was Neues.« Er nickte und winkte mich aus dem Büro. Suchen Sie sich was Neues! Wo denn? In Eberswalde etwa? Oder in Joachimsthal?

Schiffshebewerk, Niederfinow

»Wir haben den Touareg mit den beiden Typen drin!« Mila schien ziemlich aufgekratzt. »Wo bist du, Andi? Ich habe dich bestimmt zehnmal angerufen!«

»Ich war im Ministerium, in Berlin, mein Handy war lautlos und mein Chef hat mir wegen unseren Ermittlungen auf den Zahn gefühlt. Ihr habt den Touareg mit den Typen drin? Klingt so, als würden die nicht mehr unter den Lebenden sein.«

»Mausetot, aber der Fundort ist eine skurrile Sache. Heute Nachmittag hat ein polnischer Schubkahn den Touareg vor sich her in den Trog vom Schiffshebewerk Niederfinow geschoben. Ach, komm einfach her und sieh's dir selbst an.«

Ich trat aufs Pedal, spielend passierte der Zeiger die Hundertdreißig. Die flotte Jagd über die Landstraßen nach Niederfinow war trotzdem unspektakulär. Die Besucherströme waren jetzt im Spätherbst längst versiegt und die Ackerschlepper standen abends um acht schon auf den Höfen. Schon von Weitem strahlten die Scheinwerferbatterien der Kriminaltechniker durch den aufsteigenden Nebel, gespenstisch wie in einem Edgar-Wallace-Film. Oben angekommen, schaute ich in den leeren Schiffshebetrog. Man hatte das Schiff wieder zurück manövriert und dann das Wasser abgelassen. Auf dem stählernen Grund lag der dreckige Touareg, das Heck war völlig verbeult. Der Schiffsleib hatte den VW wie ein Modellauto vor sich her geschoben. Ich stieg über die in den Trog gestellte Leiter hinab, Mila saß auf einem Hocker neben dem Wrack und trug die Ermittlungen in ihr Tablet ein. Als sie mich bemerkte, sah sie kurz hoch und wies mit ihrer Hand in Richtung Innenraum. Die beiden jungen Männer saßen sorgsam angeschnallt auf ihren Sitzen. Der Kleinere saß am Steuer, der Große daneben. Ihre Hände waren mit

Tape an den Oberschenkeln zusammengeklebt und ihre Oberkörper an den Sitzlehnen fixiert. Die Münder waren ebenfalls durch Tape verschlossen, sodass ihre Nasen geflutet wurden und sie durch das eindringende Wasser erstickt waren. So jedenfalls schien es bisher, vielleicht würde die pathologische Untersuchung eine ganz andere Ursache feststellen. Möglicherweise waren sie schon tot, als sie in das Auto gesetzt wurden. Fest stand nur, dass sie nicht mehr unter den Lebenden weilten.

»Das sind also die Mörder unseres Russen.« Ich sah zu Mila herüber.

»Nicht zwingend, sie könnten es sein, müssen aber nicht. Es gibt da unzählige Varianten. Die beiden könnten die Mörder sein und wurden vom Auftraggeber sicherheitshalber gleich mit entsorgt. Dem steht aber eindeutig entgegen, dass diese Art der Hinrichtung in der Regel wesentlich stiller abläuft und die Leichen irgendwo sicher entsorgt werden, in einer Müllverbrennung, in einem Fundament oder Ähnlichem. Vielleicht waren sie auch nur Zeugen, die beseitigt wurden. Aber auch dafür ist mir die Methode zu aufwendig und zu auffällig. Hier will jemand anscheinend die Presse als Werkzeug nutzen, um eine Nachricht zu überbringen.«

»Was ihm offensichtlich auch gelingen wird!« Ich deutete auf die lärmende Journalistenschar, die versuchte, sich durch die Absperrungen zu drängen. Deutlich konnte man die Logos der großen Fernsehsender auf den Kameras und Mikrofonkappen erkennen.

Die Typen von der Gerichtsmedizin schnitten die armen Kerle aus ihren Fesseln und verpackten sie in zwei metallene Transportsärge. Krause-M gab den absperrenden Beamten einen Wink und die Schar der Besessenen und Verrückten stürmte den Trog, der VW versank in einem Blitzlichtgewitter. Ich vermied es, auf die Fotos der Pressefotografen zu kommen und zog Mila mit, um zu verhindern, dass uns noch ein Mikrofon vor die Nase gehalten wurde.

Mila chauffierte mich nach Hause, und warum auch immer fragte ich sie, ob sie noch einen Tee oder einen Schnaps haben wollte. Sie entschied sich für einen Schnaps und dann für noch einen und noch einen. Letztendlich blieb der Tiguan vor meiner Tür und Mila schlief auf meinem Ledersofa im Wohnzimmer. Ich hatte eine unruhige Nacht in Monas und meinem Doppelbett. Mila war nicht, wie von mir erträumt, lasziv und leicht angetrunken in der Nacht in meinem Zimmer erschienen und hatte auch nicht mit ihrer tiefen Raubkatzenstimme danach gefragt, wie ich es denn am liebsten hätte. Mila lag auf der Ledercouch und schnarchte ein leises Jungfrauenschnarchen, als ich sie mit dem Fauchen der Espressomaschine weckte. Sie blickte sich verschlafen um und fragte, als wäre es völlig normal, dass sie auf meinem Sofa erwachte:

»Soll ich Brötchen holen?«

»Zwei Helle, zwei Schusterjungs«, zwinkerte ich ihr zu.

»Du brauchst gar nicht zu zwinkern, Andi. So besoffen kriegst du mich nicht, dass ich am nächsten Tag nicht mehr weiß, dass was passiert ist. Ich weiß immer, wie der Abend zu Ende geht, auch wenn etwas passiert ist!« Sie lächelte verschlagen.

»Mein Frühstücksei bitte richtig hart, auf keinen Fall mit Schnupfen drin, zehn Minuten, und richtig abschrecken, nicht nur in den Topf gucken, Andi!«, lachte mein Übernachtungsgast und brauste mit dem Tiguan in Richtung Bäcker.

Der Vibrationsalarm auf meinem Handy ließ die »Wunderschönen-Guten-Morgen-Planung« für den Tag wie eine Seifenblase zerplatzen. Krause wollte mich sehen. Ein grauer Tag in Berlin, statt Zeugensuche nach der Versenkung des Touareg im Finowkanal.

Schorfheide, Joachimsthal

Auf dem Rückweg von Krause vibrierte mein Handy erneut.

»Morjen Andi, du solltest ma bei Bernd dem Buntmetaller vorbeischauen.« Es war Gerst.

»Wer bitteschön ist Bernd der Buntmetaller?«

»Is 'ne etwas längere Jeschichte, wenn de Zeit hast, komm vorbei und ick erzähl se dir.«

Eine halbe Stunde später parkte ich vor Gersts Tor. Heinrich bat mich herein und hatte schon eine Flasche mit selbstgemachtem Schlehenschnaps und zwei Gläser auf den Tisch in der Veranda gestellt.

»Also, Bernd der Buntmetaller heißt eijentlich Bernd Lochner und wohnt in Kurtschlag bei Zehdenick«, begann er, während er die Gläser füllte und zum Prost ansetzte. »Bernd hat vor de Wende inne Reparaturbrigade vonne Ton- und Ziegelwerke rund um Zehdenick jearbeitet. Schon damals hatten se ihn mehrfach unter Verdacht,

Kupferleitungen abzuzweigen oder die Batteriekästen vonne Elektrokarren zu leeren, und verdammt noch ma, er hat et wirklich jetan. Sein olla Betriebsleiter hat ihn imma jedeckt, weil er der einzige Elektriker war, der die janzen maroden Schaltschränke und Verkabelungen kannte und mit seine kuriosen Reparaturen den Betrieb der Ziegeleien sicherte. Sie hatten ihn ma eene Woche in Untersuchungshaft, mussten ihn aba nach heftige Intervenierung vonne SED-Kreisparteileitung wieder rauslassen. Nich walla son juter Jenosse war, nee, den werten Betriebsleitern jingen einfach die Öfen aus. Mitta Wende jingen se dann wirklich aus, so schnell konnteste nich ma bis drei zählen. Schließlich wollte euer glorreicher Westen die Millionen für den Neuaufbau nich die kleenen Betriebe in Osten zukommen lassen, nee meen Lieba, die waren längst anne Wienerberger Ziegel, Rigips und Fermazell versprochen. Aber jetzt werd ick schon wieda verbissen, wie Lore immer sacht. Komm, ick gieß dir noch Eenen ein, auf drei Beene kann ja och keener stehn.« Die Gläser wurden randvoll.

»Jedenfalls hat sich der jute Bernd sofort arbeitslos jemeldet, treu nach de Devise ›Arbeitslos und Spaß dabei!‹. Bernd holte sich vom reichlich jesparten Jeld ein MB 100 von Mercedes, nagelneu und beim Händler in Berlin-Spandau och gleich in bar bezahlt. Sein erster Mercedes und bis heute och sein einziger. Fortan war nüscht mehr sicher vor Bernd. Bei jede Schrottaktion oda Sperrmüllsammlung war Bernds MB am Abend vorher uff de Straße unterwegs. Der Laderaum füllte sich mit Kabelresten, mit Platinen auße kaputten Computer, Messinglampen, altem Besteck. Allet watt och immer nach Metall aussah und eenen noch fühlbaren Wert hatte, verschwand im Bauch von den Transporter. Der war wie 'ne Elster, bei allem wat blinkte, war Bernd nich weit weg. Man sacht, dit Betonwerk in Milmersdorf musste bei de Sanierung Ende der Achtziger zweemal verkabelt werden, weil Bernd die Kupperkabeltrommeln in armlange Stücke jehackt und verscheuert hat. Beweisen konnten se ihn dit nie. Bernd ist wie 'ne Schlange, der beobachtet seine Beute ruhig und schlägt denn blitzschnell und gnadenlos zu. Sollte denn der Verdacht auf ihn fallen, windet da sich aus allet heraus. Is schon ne dolle Type, der Bernd.«

»Und wo finde ich Bernd den Buntmetaller?«

»Bei sich uff'n Hof in Kurtschlag. Juter Rat von mir, Andi, benutz de Klingel und wenna nich uffmacht, kommste nächsten Tach wieda und klingelst, irjendwann lässta dich rin. Versuche ja nich, uff'n Hof zu kommen, die olle Tür ist zwar imma unverschlossen, aber den Hof beherrschen Bernds wilde Hunde, allet irjendwelche Dorfköter, die er hier und da mitjenommen hat, weil er et nich mit ansehen kann, wenn man die überzähligen Welpen aus een Wurf tötet. Is een wahra Tierfreund, der Bernd, dafür halten ihm seine ›Jetreuen‹ den Hof sauber. 2002 hat die Kripo ma morjens eene nich anjemeldete Durchsuchung durchführen wollen. Ich sach nur, hat 'ne Menge Verbandszeug jekostet. Ick glob, die ham damals fünf Hunde erschossen, aber wat sind fünf von über dreißich. Die Kripoleute ham dann vor de Tür jewartet, bis Bernd die Köter inne Scheune einjeschlossen hatte. Wodurch er natürlich reichlich Zeit hatte, dit belastende

Material richtig zu verstecken. Die Klingel ist die einzje Möglichkeit, uff'n Hof zu kommen.«

»Sag mal, Heinrich, wie hat denn Bernd das ganze Material zu Geld gemacht? Es muss doch auch im Osten aufgefallen sein, wenn jemand plötzlich mit einer Palette Lkw-Batterien ankam und sie zu Kohle machen wollte?«

»Berndte is een schlauer Kopp, der sprach Russisch wie seine Muttersprache und hatte ständig Jeschäfte mit die Russen am Lofen. Et jibt Leute, die behaupten, dass die Flugplatzbeleuchtungen uff Russlands größten Militärflugplatz in Deutschland mit Relais auße Ziegelöfen in Zehdenick jeschaltet wurden. It wurde sojar erzählt, dat Bernd mit eene MIG-29 mitfliegen durfte, weil er den Kommandanten 'ne Sharp-Stereoanlage besorgt hat. Er hatte uff jeden Fall beste Beziehungen bis janz na oben. Ick globe, er hat diese Beziehungen imma noch, jedenfalls solla inne letzten Jahre 'n paar ma in Russland jewesen sein.«

»Vielleicht hat er dort Urlaub gemacht?«

»Urlaub in Russland? Schon klar, Andi. Wenn hier eener auße Jegend in Urlaub fliecht, dann na Malle und nich na Moskau. Ach ja und noch wat. Fahr ma da lieber alleene hin.«

»Wie meinst du das?«

»Na eben alleene! Ick weeß och nich, wie ick's sagen soll. Äh, na ja, so wie Bernd die Russen liebt, jenauso hasst er den Krause-M und seine polnische Kommissarin, wenn de weest, wat ick meene.«

»Du meinst Mila. Die ist genauso deutsch wie er.«

»Dit weest du meen Lieba, dit is Bernd aba völlich ejal. Für ihn isse nun ma ›Krause-Ms olle Kriposau‹, Originalton

Bernd. Fahr ma besser allene hin und sach, du kommst von mir.« Heinrich klopfte mir auf die Schulter. »Ick mag die Mila och, is'n feschet Mädel und nich uffs Maul jefallen, aber bei Bernd hat se Hausverbot, glob mir.«

Mein Freund Heinrich Gerst, ich liebte seine Mundart. Aber von dem ganzen selbstgemachten Fusel war mir ziemlich dunerich in der Birne.

Bevor ich mich weiter mit Bernd dem Buntmetaller befassen konnte, musste ich mich erstmal um mich kümmern. Ein Blick in den Spiegel forderte den lang hinausgeschobenen Frsieurbesuch ein.

Der »Hairpoint Ingrid Waller« war heute bis 16.00 Uhr geöffnet. Die Frage, ob ich denn einen Termin hätte, konnte ich ruhigen Gewissens verneinen. Frau Ingrid Waller persönlich lächelte mich an, ihre beiden netten Kolleginnen sahen mitleidig herüber. »Kein Termin, keine Frisur!«, schienen ihre Mienen zu verkünden. Frau Waller aber sah die Not.

»Wenn Sie einen Augenblick haben? Ich mache der Frau Richter noch schnell eine Packung, dann können wir. Kurz abgestuft?«

Ich setzte mich hin. Ein kurzer Blick auf das ausliegende Lesematerial bestätigte meine Befürchtungen: nichts über Autos, Boote oder Immobilien, dafür Mode, Haartrends und jede Menge Schlagzeilen über Pups & Pieps von Herrn und Frau von und zu. So blieb mir Zeit, mich dem wichtigsten Menschen in meinem Leben zu widmen und über »kurz abgestuft« nachzudenken. Ich betrachtete mich im Spiegel. Mit meinen guten einsachtzig war ich eine Erscheinung. Der Sommer und zwei Einsätze unter arabischer Sonne hatten meine trainierten Unterarme karamellbraun gefärbt, was farblich gut zu meinem hellblauen Hemd passte. Ein kantiges Gesicht mit einem vielleicht etwas zu kleinen Mund, dafür einer unter Umständen ein wenig zu großen Nase und zwei meerblauen Augen, darüber zwei buschige Augenbrauen, die einige kleine Narben vergangener Boxkämpfe verbargen. Mir war augenblicklich klar, warum mir die gute Frau Waller einen sofortigen Termin eingeräumt hatte. Es konnte nur an der katastrophalen Notlage auf meinem Kopf gelegen haben. Mein Haupthaar hatte sich durch monatelange Pflegeenthaltsamkeit zu einem verwirbelten Wischmob entwickelt. Die tief in den Genen verwurzelten, prächtigen Locken meiner Mutter waren nur noch ein strähniger Schatten ihrer selbst, ihre aschblonde Farbe rundete den fatalen Gesamtauftritt ab. Zwanzig Minuten später hatte Frau Richter ihre Packung, und die gute Frau Waller massierte mir die Kopfhaut. Das Angebot einer mit der Haarwäsche verbundenen Kopfmassage konnte ich einfach nicht abschlagen. Ich war kurz davor zu fragen, ob man diesen Service auch morgens nach ausfüllenden Branntweinabenden mit Heinrich Gerst zu Hause ordern konnte.

Nachdem mir die Haare gewaschen wurden, fragte Frau Waller: »Na, entschieden? Kurz abstufen oder Messerformschnitt?« Sie rubbelte mir den Kopf gründlich trocken.

»Drei Millimeter!«

»Drei Millimeter runter?«

»Bis auf drei Millimeter runter, weg mit dem Napoleon!«

Ich nickte meinem Spiegelbild entschlossen zu.

»Die schönen Locken! Sind Sie sich da völlig sicher?«

»Sie meinen das Nest auf meinem Kopf? Schluss, aus, runter!«

Sie fuhr mir noch mal durch die Haare, schüttelte lachend den Kopf und griff zu Kamm und Schere aus der Gürteltasche.

»Wollen Sie was zu lesen?« Ich sah zum Glastisch herüber und verneinte lachend.

»Sorry, da ist sicher nichts für Sie dabei. Wir sind zu neunzig Prozent ein Damensalon. Ich hol Ihnen was von hinten. Mein Freund hat bestimmt was liegen gelassen.« Es war ein Hochglanzmagazin über Sportwagen mit der ausführlichen Vorstellung des neuen Audi R8. Eine Sportzeitung wäre mir lieber gewesen, aber letztendlich ging es hier um mein Haupt und nicht um meinen Geist. Als Frau Waller mir die letzten Schnitthaare vom Kopf gespült hatte und den extrem kurzen Bürstenschnitt mit einem nach Kokos duftenden Haarwachs leicht überstrich, stand eines mal fest: Ich war auch ohne Locken ganz ansehnlich. Die von der Friseurmeisterin verlangten zwanzig Euro stockte ich auf dreißig auf, bedankte mich freundlich und verließ den Laden. Der kalte Schauer, der mich erwischte, als ein Windböe die nahezu schutzlose Kopfhaut traf, ließ mich kurz an der Richtigkeit meiner Entscheidung zweifeln. Die beiden Mitvierzigerinnen, die bei meinem Anblick kurz ihr Gespräch unterbrachen, waren aber der alles wieder gutmachende Balsam auf meiner Seele. Jetzt ab nach Hause und den Bauch vollschlagen.

Ich überprüfte mein Telefon, aber ich hatte keine Nachricht von meiner Partnerin. Mila war für eine Woche nach Polen gefahren, die Hochzeit von einer Cousine feiern. Das bedeutete wohl eine Woche Essen satt und Wodka in Strömen.

Auf meinem Küchenstuhl sitzend starrte ich in den leeren Kühlschrank: drei Scheiben Salami, zwei Eier älteren Datums, eine nahezu leere Dose Margarine ohne Brot dazu. Mein Magen war leer, aber noch viel mehr schrie mein Kopf nach Genuss. Ich nahm den Autoschlüssel vom Haken und jagte über die regennasse Landstraße nach Ringenwalde. Eine Viertelstunde später saß ich bei Markus im »Grünen Baum« und hatte mir eine Ente mit Rotkohl und Klößen bestellt. Markus, Küchenchef und einer der sympathischsten Uckermärker, der mir in den letzten Jahren begegnet war, sah mir spöttisch ins Gesicht.

»Ganze Ente, Andi, biste am verhungern?«

»Die ist gar nicht für den Hunger, Markus, die ist nur für den Kopf.«

»Wenn du mal mit Hunger kommst, muss ich ein Schwein schlachten, oder was? Was liegt dir auf der Leber, Großer?« Markus stellte sich in die Tür seiner kleinen Kneipe und steckte sich eine Zigarette an. »Hab gehört, du bist jetzt in Eberswalde bei der Mordkommission? Rausgeflogen in Berlin?«

»Nein, nur ausgeborgt. Mein Berliner Chef meint, dass die Tatsache, dass der Tote ein Russe war, die Tat international macht und damit die Mitwirkung des Innenministeriums angemessen wäre. So kann ich öfter hier sein, bei dir und deinen leckeren Enten.«

Die Enten und Gänse, die Markus immer ab Anfang November durch den Bräter schickt, haben einen legendären Ruf. Wenn man sich da nicht beizeiten Geflügel und Tisch vorbestellte, sah man in die berühmte Röhre. Ich hatte heute Glück.

»Kommt Mona denn an den Wochenenden auch hoch?«

»Mona kommt nicht mehr.« Ich versuchte ein Lächeln, doch es wurde nur eine Grimasse.

»Tut mir leid, Andi, ehrlich, lass dich nicht unterkriegen. Ich muss zurück zu meinen Gänsen. Schicke Frisur übrigens, mein Respekt.« Er zapfte sich ein kleines Bier und verschwand in der Küche.

Ich schaffte meine Ente mühelos und bekam von Katharina einen großen Obstler aufs Haus eingeschenkt. Geschafft, aber glücklich saß ich auf einem der bequemen Sessel, die Markus in seine Wirtsstube gestellt hatte. Mein iPhone vibrierte in meiner Hosentasche, eine Nachricht von Mila. Ich öffnete die App und eine polnische Hochzeitsgesellschaft prostete mir zu: »Na zdrowie, Andi!«. Milas Gruß aus Polen zauberte mir ein Lächeln ins Gesicht. Mona war sicherlich noch nicht ganz aus meinem Herz verschwunden, aber der Gedanke an Mila ließ ihr Bild zunehmend schneller verblassen.

Kurtschlag, Schorfheide

Bernd der Buntmetaller ließ mich viermal klingeln. Vier Tage von Joachimsthal nach Kurtschlag und zurück. Milas Fahrkünste hatten mich angesteckt. Ich heize die

Straßen entlang und hatte unbändige Freude am straffen Fahrwerk meines Dienstwagen. Die Welt war wieder schön und roch nach verbranntem Gummi. Bisher hatte ich mich noch nicht getraut, den ESP-Schalter für das elektronische Fahrwerkssicherheitssystem abzuschalten. Mila hielt ESP für die unnötigste Entwicklung im Fahrzeugbau der letzten fünfzig Jahre, wie sie mir mal erklärte. Sie war der Meinung, dass mit der Abschaltung dieses Systems die Fahrfreude wieder an die Lenkräder zurückkehren würde. Mir war eine kleine Restmenge Respekt geblieben – bis heute. Verwegen drückte ich auf den kleinen unscheinbaren Taster. In der regennassen, langen Waldkurve vor Groß Dölln lagen allerdings ausreichend frisch gefallene Laubblätter, um die 1,7 Tonnen Tiguan in eine Querlage zu drehen. Der Schreck durchzuckte mich bis ins Rückenmark. Diese kurzzeitige Lähmungserscheinung ließ meinen Fuß auf dem Gas verharren, was mich in einem ungewollten Drift durch die Kurve ziehen ließ und als ich das erste mal »Bremsen!!!« dachte, war ich schon am Kurvenausgang. Hätte ich das Bremspedal tatsächlich getreten, wäre ich sicher in die frisch angelegte Kiefernschonung geflogen und hätte unter den sauber aufgereihten Jungbäumen ein Massaker angerichtet. So stellte sich lediglich mein Nackenhaar auf und das Adrenalin schmeckte metallisch in meinem Mund.

Bernds Hundeschar begrüßte mich schon, als ich von der Dorfstraße in die Einfahrt bog, diese Biester schienen meinen Wagen von Weitem zu erkennen. Diesmal öffnete sich das Gartentor jedoch so plötzlich, als habe er auf mich gewartet.

»Bringen Sie das Auto rein, ich habe keine Lust, dass jeder im Dorf die Bullenkarre sieht. Und warten Sie bloß mit dem Aussteigen, bis ich das Tor wieder zu habe und die Köter in der Scheune sind, sonst fehlt Ihnen nachher aus Versehen ein Satz Eier.«

Ich hatte mir Bernd völlig anders vorgestellt, wie einen Hausmeister vielleicht, mit alter Latzhose, rauen Händen, zottigen Haaren und einem pfiffigen, gutmütigen Gesicht. Bernds Erscheinung war aber die eines cleveren Geschäftsmannes. Er trug eine teure Jeans, ein Oberhemd von Benvenuto und ein Jacket von Conleys. Er hatte eine sportliche Statur und wirkte überlegen und sicher. Seine Haut war sonnengebräunt, sein Haar modern frisiert und seine Hände gepflegt.

Der Hof war sauber gepflastert und aufgeräumt, am hinteren Ende stand eine große Scheune. Sie schien erst vor Kurzem einen neuen Anstrich bekommen zu haben, und ein neues Rolltor hatte die üblichen großen Torflügel ersetzt. Rechts davon standen zwei Seecontainer, die anscheinend im Zuge der Scheunensanierung im gleichen Fassadenfarbton gestrichen worden waren. Nirgendwo lagen Kabelreste oder Trödel.

»Kommen Sie rein, Herr Witzler, ich mache uns einen Kaffee. Habe Sie schon erwartet. Sie waren ja schon dreimal hier. Ich war jedes Mal geschäftlich unterwegs und habe Sie immer erst abends gesehen.« Er zeigte auf die Wildkamera oben am Giebel der großen Scheune und lächelte. »Ich will es kurz machen. Ja, ich weiß, dass Sie von der Kripo sind und eigentlich in Berlin sitzen. Wenn hier mal was passiert, ist es gleich in aller Munde, und wenn hier ein Toter im Wald gefunden wird, kennt jeder die Namen der zuständigen Ermittler, schließlich wohnen die auch hier, mitten unter uns. Einer Ihrer Spurensucher wohnt am Ende der Straße in dem neuen Klinkerbau. Er hat das alte Bauernhaus einfach plattgemacht und so eine anderthalbstöckige Klinkerbude aus NRW draufgestellt, gefällt nicht jedem im Dorf, aber als Beamter bekommt er sicher jede Baufinanzierung, die er will. Wenn er jetzt weiter mit den Leuten in der Kneipe im Gespräch bleiben will, muss er schon ab und zu mal was Interessantes auf den Tisch legen, und so bleibt manches Geheimnis kein Geheimnis.«

Bernd holte uns den Kaffee aus der Küche. Wir saßen in einem großzügig verglasten Wintergarten, der dank einer Fußbodenheizung mollig warm war. In der Ecke stand eine große Palme in einem Tonkübel, dessen kyrillische Inschrift am Bodenrand mir verriet, dass diese Palme wohl eher aus Sotschi stammte als aus den warmen Gefilden am Mittelmeer. Bernd schnippte sich eine Marlboro aus der Schachtel, auf der in Russisch gewarnt wurde, dass Rauchen ungesund ist. Ich musste jetzt irgendwie die Partie eröffnen, denn Bernd ließ mich kommen.

»Heinrich hat mir erzählt, dass Sie schon zu DDR-Zeiten ein gutes Verhältnis zu den russischen Truppen hatten und auch heute noch Kontakte pflegen. Was sind das für Kontakte? Kontakte zu Militärs, zu Geschäftsleuten, zu Privatleuten? Ich würde gern ein wenig mehr wissen über ›Bernd, den Buntmetaller‹.«

»Den Namen haben sie mir damals verpasst, weil ich immer den ganzen Schrott gehortet habe, den sonst keiner wollte.« Bernd grinste ob der dreisten Lüge über seine Vergangenheit.

»Mein Gott, ja, da war schon der eine oder andere Meter Kabel, der in meiner Scheune verschwand. Fiel keinem weiter auf, und wenn ich mit einem ordentlichen Kupferstrang mal wieder einem der maroden Ziegelöfen das Überleben sicherte, hat keiner gefragt, wo das liebe Kupfer herkam. War eben eine Sache von Geben und Nehmen, wie heute auch. Die hier stationierten Russen waren alles gebildete Leute, jedenfalls die Offiziersränge, Menschen mit Kultur, Menschen mit Verstand, aber auch ein ganz Teil Menschen mit Cleverness und einer Nase für gute Geschäfte. Sie waren eine Siegernation – nur eben eine, die keiner fürchtete. Schließlich versuchte die ostdeutsche Regierung ja jeden Bürger glauben zu machen, es wären Freunde. Sie wurden weder gefürchtet, noch geliebt, sie wurden einfach als notweniges Übel ignoriert. Ein schwieriger Boden für gute Geschäfte, und Geschäfte waren von Nöten, wenn man die angenehmen Dinge des Lebens in seiner kleinen Offizierswohnung haben wollte. Da gab es einen unglaublichen Bedarf an erstklassigen Ferngläsern aus Jena oder den weltweit beliebten Jagdwaffen aus Suhl, Stereoanlagen waren ebenso gesucht wie Praktika-Kameras. Bleiakkus und Kupferkabel waren in Russland begehrt wie in jedem anderen Land der Erde. Darüber hinaus hatte die Sieger eine regelrechte Sucht nach Erinnerungen aus der Nazizeit erfasst. Das Eiserne Kreuz eines ehemaligen Feindes war eine beliebte Trophäe im Russland der Achtziger. Kurzum, ich habe, wenn ich konnte, geholfen, dass jeder das bekam, wonach er suchte.«

»Wie muss man sich das vorstellen mit dem Handel zwischen Ihnen und Ihren russischen Partnern? Sie hatten doch keinen Tankwagen, um den aus den Lagern geklauten Sprit abzuholen und keine Tankstelle, um ihn dann an einer Straßenkreuzung für Bares an den Mann zu bringen! Wie haben Sie bezahlt? Mussten Sie im Voraus blechen? Wie machten Sie aus der Ostmark Rubel? Ich weiß, das sind viele Fragen, aber mich interessiert einfach alles. Ich möchte ein Gefühl für die Verbindung zwischen Ihnen und den Russen bekommen.«

»Aus welchem Grund, Herr Witzler? Ermitteln Sie gegen mich? Die Taten, sollte es denn jemals welche gegeben haben, sind alle längst verjährt. Was steckt hinter Ihren Fragen?«

»Ich ermittle nicht gegen Sie, Herr Lochner, ich ermittle in einem Mordfall, dessen bedauerliches Opfer hier in der Region gefunden wurde und anscheinend russischer Marineinfanterist war. Sie sind sozusagen der erste hier aus der Gegend, der früher engen Kontakt zum russischen Militär hatte und, nach Meinung einiger Leute, auch heute noch hat. Sie können das jetzt abstreiten, aber zumindest waren Sie in den letzten drei Jahren sechsmal drüben und haben ein gültiges Visum für Russland, und damit unterscheiden Sie sich nun mal deutlich von den restlichen neunundneunzig Prozent Ihrer Mitmenschen hier.«

»Warum fahren Sie nicht nach Berlin zur russischen Botschaft und lassen sich in der entsprechenden Abteilung Auskunft geben?« Bernd lächelte mich an, stand auf und holte uns eine kleine Schale mit Gebäck aus seiner Edelholz-Glasvitrine. Ich tippte auf sibirische Lärche.

»Einen Cognac, Rum, Whisky?«, fragte er. Ich winkte dankend ab.

»Ach kommen Sie, ich denke so ein Cognac gehört einfach zu einem gemütlichen Kaffee dazu.« Er füllte zwei sehr schön geschliffene Schwenker und hielt sie abwechselnd über das Teelicht auf seinem Schreibtisch.

»Cognac aus Jerewan hat schon den russischen Zaren geschmeckt. Kennt hier kein Mensch. Probieren Sie mal. Der braucht keinen Vergleich mit dem französischen Original zu scheuen.« Er hatte zweifellos recht, die Jerewaner Brennmeister verstanden ihr Handwerk bestens und die Wärme der kleinen Kerzenflamme hatte das Aroma des »Edlen Russen« entfacht.

»Okay, ich will Ihnen gern einen ungefähren Eindruck vermitteln, wie das damals lief, vielleicht weil ich gern an die Zeit zurückdenke, vielleicht weil ich mich gerne reden höre oder vielleicht auch nur, weil ich im Alter sentimental werde.« Er goss nach. »Sie haben da vorhin auf die Kupferkabelgeschichte abgezielt, ja, das war schon ein Mordsding. Die hatten doch in Milmersdorf allen Ernstes die dicken Kabel auf ollen Holztrommeln vor der Lagerhalle der Betriebselektriker abgeladen und draußen stehenlassen, weil der Lada vom Chef völlig auseinandergenommen drinnen stand und von den Blechschlossern neue Schweller bekam. Die Rollen standen bestimmt drei Wochen draußen. Ich war zu der Zeit öfter in Milmersdorf, weil die immer Probleme mit den Schaltschützen der Mischanlagen hatten. Wir hatten in unseren Ziegeleien dieselben Schaltanlagen und ich hatte in einer wilden Tauschaktion drei Lkw voller Tonziegel nach Thüringen verhökert. Damit hatte sich der

Betriebsleiter einer Stahlfederbude ein Eigenheim mit wunderschönem Blick auf die Wartburg gebaut, und im Gegenzug bekam ich ausreichend Zugfedern für die immer wieder ausleiernden Schaltanlagen. Ich glaube, in der Scheune stehen immer noch zwei Blechkisten davon.« Bernd lachte.

»Jedenfalls erzähle ich eines Abends dem russischen Kommandanten von diesen Kabeltrommeln, der bekommt große Augen und erzählt mir, sein Freund in Leningrad würde Bedarf für diese Kabel haben. Er wäre der Chef von einer großen Fabrik und könnte im Gegenzug Adidas-Turnschuhe aller Art besorgen. So bin ich eines Nachts mit einem Trupp von dreißig russischen Soldaten und drei Lkw nach Milmersdorf. Wir haben den Zaun hinten aufgeschnitten, die Russen haben sich die Kabeltrommeln geschnappt und bis auf den Feldweg gerollt. Dort haben sie die großen Trommeln lautlos mit reiner Muskelkraft auf die Ladeflächen gehievt. Nach einer guten Stunde waren wir wieder in Groß Dölln auf dem Flugfeld. So schnell wie die Trommeln von den Lkw rollten, verschwanden sie im Bauch einer Transportmaschine, die kurz darauf in Richtung Russland abhob und, dank eines gefälschten Flugplans, auf dem Rückweg zum MIG-Herstellerwerk in Nischny Novgorod einen Zwischenstopp in Leningrad machte. Vier Wochen später hatten wir dann drei Paletten allerbester Adidas-Fußballschuhe. So mancher Betriebssportverein im Osten konnte danach seine Provinzstars mit den begehrten ›Westtöppen‹ spielen lassen. Die Schuhe wurden mit Ferngläsern, Kameras, Jagdflinten, Nylonstrümpfen, Steppdecken oder was auch immer bezahlt, die wieder nach Russland gingen und dort

›verrubelt‹ wurden. Auf diese Art und Weise unterhielten wir intensive Handelsbeziehungen bis zum Mauerfall. Über Geschäfte, die darüber hinaus gingen, kann ich Ihnen nichts berichten, ohne mich unter Umständen selbst zu belasten.« Bernd schmunzelte mich an. »Das ist doch die richtige Formulierung, wenn ich mich nicht irre?«

»Das ist die richtige Formulierung, leider, auch wenn mich die anderen Geschichten brennend interessieren, muss ich Sie an dieser Stelle vor den Konsequenzen Ihrer Aussagen warnen. So sind die deutschen Gesetze zu meinem und zum Leidwesen der meisten meiner Kollegen. Aber wir Deutschen haben bei jedem Gesetz eine kleine Lücke im Zaun. Ich werde mal bei meinem Chef nachfragen, ob ich für Sie so eine Lücke nutzen darf.«

»Mein Name wird bei Krause-Marciniak schmerzvolle Erinnerungen hervorrufen.« Bernd der Buntmetaller grinste vor sich hin. »Wenn Sie mal mit Krause-M in die Sauna gehen, werden sie eine beeindruckende Narbe am Hinterteil bewundern können. Krause-M war 2002 der Verantwortliche für eine unangemeldete Durchsuchung. Er war gerade zur Kripo nach Eberswalde versetzt worden und wollte sich profilieren. Die haben damals einfach das Hoftor mit der Ramme eingeschlagen statt zu klingeln. Krause-M war einer der schnellsten auf dem Hof, leider aber nicht schnell genug wieder runter. Mein dicker Paul, ein Rottweiler-Mischling von gut fünfzig Kilo, hat sich in seinem Arsch verbissen und musste durch mehrere Schüsse getötet werden, bevor sie sein Gebiss aufhebeln und Krauses Arsch retten konnten. Hat geblutet wie ein Schwein, der Krause, und gedroht mit Staatsanwalt und allem Pipapo. Ich hab ihm aus dem Fenster lachend zugebrüllt, dass er mich mal am Arsch lecken kann. Dann sind die Bullen wieder runter vom Hof, nachdem sich meine anderen Köter auch noch auf sie gestürzt haben. Als ich dann die Hunde in der Scheune hatte, haben sie sich wieder rauf getraut und zwei SEK-Beamte haben versucht, die Ehre um den Arsch ihres Chefs wieder herzustellen. Hat mich beide Frontzähne gekostet, da ich ›völlig zufällig‹ auf die Steintreppe gefallen bin. Gut, den Schweinen konnte ich nicht an die Eier, die hatten ja Masken auf, aber für die ganze Nummer haben die Bullen eine Stange Geld bezahlt. Meine russischen Freunde haben mir einen affenteuren Anwalt aus Berlin besorgt, der die Nummer mit ›Gefahr im Verzug‹ und den ganzen anderen Quatsch des Staatsanwalts vor dem Verwaltungsgericht zerrissen hat. Letztendlich wurde festgestellt, dass die Maßnahme keinerlei rechtliche Grundlage und schon im vornherein keine Aussicht auf Erfolg hatte. Die Folge war, dass der Steuerzahler für Krause-Ms Nacht- und Nebelaktion tief in die Tasche greifen musste. Ich bekam ein neues Tor, der Tisch und die beiden Gartenbänke wurden ersetzt, für jeden erschossenen Hund habe ich eine ordentliche Entschädigung erhalten. Sogar die Einfahrt wurde neu gepflastert, da der SEK-Bus die Steine gelockert hatte. Krause hat mir am letzten Verhandlungstag gedroht, dass man sich immer zweimal treffen würde. Meinen Sie wirklich, Sie wollen Krause-M fragen, ob er was für mich arrangieren kann? Sollte der hier jemals wieder aufkreuzen, würde ich die ganze Hundemeute wieder loslassen, und das weiß der auch, seien Sie versichert.«

Ich versprach Bernd, mich an das Thema Zeugenschutzregelung vorsichtig heranzutasten und mir notfalls eine Stufe über Krause-M Rückendeckung zu holen. Ich wusste auch schon wo, und das war einige Ebenen über Krause-M.

Chaussseestraße, Berlin
»Bernd Lochner!« Krause ließ die Luft pfeifend aus seinen gespitzten Lippen entweichen.

»Sie kennen den Mann?« Jetzt war ich aber verwundert. Mein Chef kannte den Kupferräuber aus Kurtschlag. Augenscheinlich hatte Bernd der Buntmetaller mir nicht alles erzählt.

»Also die Personalie Bernd Lochner ist uns bekannt, Witzler. Er ist eine Verbindungsperson zu einflussreichen Kreisen des russischen Militärs. Er steht aber nicht auf unserer Gehaltsliste, obwohl wir ihn da gerne hätten.« Krause zwinkerte listig mit dem rechten Auge.

»In unregelmäßigen Abständen haben wir oder das auswärtige Amt mit ihm zu tun. Wenn wir wichtige Informationen haben und wollen, dass sie an den richtigen Stellen in Russland auch ernst genommen werden, nutzen wir diesen Kanal. Bernd Lochner ist keiner, der nachts Bundeswehrobjekte umschleicht und die vermutete Mannschaftsstärke an die russische Armee durchgibt. Lochner vertritt in Deutschland die, sagen wir mal, persönlichen und wirtschaftlichen Interessen einer elitären Führungsriege innerhalb des russischen Staates. Es ist vielleicht nicht alles legal, aber es ist nichts dabei, was an den Grundfesten der westlichen Demokratie rütteln würde.

Wir wissen das meiste davon und nutzen Bernds Kanäle, wenn wir ein paar Geschäfte haben, die auch nicht immer das Wohlwollen der russischen und auch einiger unserer Behörden fänden, so will ich das mal vorsichtig ausdrücken.« Krause beließ es bei dieser Erklärung, sicherte mir aber eine umgehende Bearbeitung hinsichtlich der Befreiung von der Selbstbelastung bei den Aussagen von Bernd Lochner zu. Wie schnell umgehend gemeint war, erfuhr ich schon während meiner Rückfahrt auf der A11. Auf Höhe der Abfahrt Prenden/Lanke erreichte mich eine SMS von Krause-M: »Sofort bei mir melden!«, keine Anrede, kein »Bitte«. Da hatte der eine Krause dem anderen wohl gerade auf die Hühneraugen getreten.

Landeskriminalamt, Eberswalde

Mein Gespräch mit Krause-M war wie erwartet kurz und frostig verlaufen. Er würde einer belastungsbefreienden Aussage von Lochner nicht im Wege stehen. Ich sollte mir aber nicht allzu viel davon erwarten, Lochner wäre ein Schlitzohr und ich solle aufpassen, dass er den Spieß nicht umdreht und wir dann als die dummen Auguste dastehen. Die pure persönliche Abneigung war bei Krause-M förmlich zu spüren. Ich konnte nur hoffen, dass sich das nicht auf meine Person übertrug, soviel Profi sollte er aber sein.

Der Tag hatte einen Lichtblick. Mila hatte eine SMS geschickt und nachgefragt, ob ich sie nicht in Berlin vom Hauptbahnhof abholen könne, natürlich nur, wenn ich sowieso gerade zufällig in Berlin zu tun haben sollte. Ich hatte augenblicklich zufällig in Berlin zu tun, wie ich mir mit einem Lächeln eingestand.

»Hi Mila, wo ist dein alter BMW?«

»Vermutlich da, wo deine Haare sind. Jetzt siehst du ja echt wie ein Mensch aus, ganz ohne die hässliche Fellmütze auf deinem Kopf.« Sie lachte und kraulte die drei Millimeter, eine Vertraulichkeit, mit der ich sehr gut zurecht kam. Ich nahm ihr die schwere Reisetasche aus der Hand.

»Sag mal, hast du Steine da drin?«

Sie grinste. »Nee, Andi, da sind acht Liter feinster polnischer Wodka drin, selbst gebrannt von meinem Onkel und von mir über die grüne Grenze geschmuggelt. Du wirst doch ein böses Mädchen nicht an die Bullen verpetzen, oder? Der BMW ist geklaut worden. Frag mich nicht, was die mit der alten verbeulten Möhre anfangen wollen. Vielleicht musste nur irgendjemand schnell nach Hause, aber was soll's, nächsten Monat wäre TÜV dran, und das wäre sowieso sein Ende gewesen. Scheiß drauf!« Mila schnippte lässig mit der Hand. »Außerdem habe ich ja einen Tiguan!« Sie grinste und die offene Hand forderte den Schlüssel.

Auf unserem zügigen Heimweg in die Schorfheide berichtete ich ihr vom aktuellen Stand der Ermittlungen. Bei dem Teil mit der Arschwunde von Krause-M hätte sie uns in einem Lachanfall beinahe von der A11 gepustet.

Kurz vor der Abfahrt Bernau Nord klingelte Krause-M uns an und überfiel Mila mit einer Planung der Ermittlungsarbeit für die nächsten Tage. Mila verdrehte die

Augen. »Hätte das nicht bis morgen Zeit gehabt. Urlaub … verpufft!«

Sie machte bei gut zweihundert eine entsprechende Geste, bei der sie beide Hände vom Lenkrad nahm.

Ich reservierte uns gleich von der Autobahn aus einen Tisch im »Grünen Baum« und versicherte Markus hoch und heilig, dass ich bereit wäre, meine Ente mit Mila zu teilen, wenn er uns eine ordentliche Vorsuppe servieren würde. Es wurde ein klassisches Kürbiscremesüppchen, bei dem er nicht mit Chili gespart hatte – es war heiß, scharf und lecker. Da Mila fahren würde, ließ ich mir zur Ente bereitwillig leckeren Rotwein von Katarina einschenken.

Die Überraschung lauerte anschließend vor meinem Gartentor. Dort stand Monas Golf, ungewaschen mit einem heftigen Kratzer in der Stoßstange.

Ich hätte die Schlösser wechseln sollen, schoss es mir durch den Kopf, denn der Golf war leer und bei dem Nieselregen war nicht zu erwarten, dass Mona auf der Gartenbank warten würde.

»Ist das die Mona, von der du mir erzählt hast? Soll ich mit reinkommen?« Mila grinste spitzbübisch. »Sozusagen als deine neue Flamme. Wäre doch eine schöne Überraschung.« Ich sah sie unentschlossen an.

»Komm, Andi, so schlecht sehe ich gar nicht aus.« Sie zerrte an dem BH unter ihrem Pulli rum. »Okay, Titten hab ich keine, nur Titties, aber dafür 'nen geilen knackigen Arsch. Komm, Andi, lass uns den Spaß, oder willst du sie wiederhaben?«

Milas Vorschlag war frech, aber die entscheidende Frage war gestellt. Wollte ich Mona eigentlich zurück? So eine wichtige Frage, so wenig Zeit für eine Entscheidung, aber eigentlich stand meine Antwort fest. Warum sollte ich Mona schonen und mich außerdem noch auf eine Diskussion einlassen, an deren Ende ich mich vielleicht auch noch schuldig fühlen würde?

»Na los, ziehen wir eine Show ab, aber nicht zu sehr übertreiben. Mona steht zwar manchmal ein wenig auf der Leitung, aber blöde ist sie nicht.«

»Geh schon mal vor, ich komme gleich mit dem Familieneinkauf!«

Mila griff sich die Tüte mit meinem Einkauf, den ich in Berlin noch gemacht hatte.

»Ich gebe dir genau zwei Minuten für einen Abschiedskuss, dann breche ich in eure Romanze ein.« Mila schenkte mir einen Kussmund, und mir fiel ihr dunkelroter Lippenstift auf. Der musste neu sein. Ich war ein guter Ermittler und guten Ermittlern fiel so etwas auf.

Mona saß in der Küche und hatte eine dampfende Tasse Kaffee vor sich.

»Hallo Andi, sorry, dass ich einfach so rein bin, aber es ist so ein Scheißwetter draußen. Ich habe mir 'nen Kaffee gemacht, stand ja noch alles da, wo es immer steht. Andi … wir müssen reden.«

»Müssen wir nicht. Du musst reden Mona, wie immer.« Mona musste immer reden und darin war sie wirklich gut. Sie schaffte es immer wieder, ihre Fehler und Schwächen anderen anzuhängen und ihnen die Schuld an ihrem eigenen Verhalten zu geben. Genau in dem Moment als Mona tief einatmete, um zu einem ihrer endlosen Monologe anzuheben, knarrte die Haustür.

»Andi, wo sind denn meine Hausschuhe, oder darf ich die Stiefel anbehalten?« Mila kickte die Küchentür auf. Sie hatte in den zwei Minuten, die sie mir großzügig gegeben hatte, ihr Outfit gründlich verändert. Sie trug jetzt eine knallenge, schwarze Jeans, eine kurze weiße Bluse mit der Stickerei eines teuren englischen Modelabels und Overknees aus allerfeinstem beigefarbenen Wildleder. Die Einkaufstüte in der einen Hand, zwei Flaschen Wodka in der anderen ging sie zum Kühlschrank, öffnete die Tür und bückte sich tief, so tief, dass ich Angst hatte, ihr süßer kleiner Polenarsch würde die Jeans sprengen.

»Schatz, den Kasten Bier musst du nachher reinholen, der war mir zu schwer.« Sie kam ganz langsam wieder hoch, strahlte mich an, wuschelte in meinen kurzen Haaren und drehte sich mit einem strahlenden Lächeln zu Mona. »Sind Sie die Kollegin aus Berlin, von der er immer schwärmt, die mit dem Grundstück auf Mallorca?« Mila war ein Aas und Mona völlig überrumpelt. Sie übersah sogar die Hand die Mila ihr artig zur Begrüßung entgegenstreckte.

»Ja, nein, äh, ich bin nicht die Kollegen aus Mallorca, ich meine mit dem Grundstück auf Mallorca.« Stammelte die sonst so redegewandte Mona.

»Ist ja auch nicht so schlimm«, lächelte Mila sie an. »Andi, ich geh hoch mich umziehen. Vergiss nicht, wir wollten noch zu meiner Mutter ins Heim. Dr. Koch hat uns extra gebeten vor dem Vesperkaffee da zu sein. Tschüß, vielleicht sieht man sich ja mal wieder.« Mila hatte die Treppe erreicht, zog ihr Telefon aus der Tasche und stieg langsam auf das Display schauend, Stufe für Stufe ihren süßen Hintern präsentierend, nach oben. Ich dachte kurz über das Chaos in meinem Schlafzimmer nach und musste unwillkürlich grinsen, was Mona wohl auf sich bezog und augenblicklich aufsprang.

»Sorry, Andi, war wohl keine gute Idee von mir, herzukommen.«

»Nein, Mona, war es nicht und zu bereden haben wir auch nichts mehr. Die Klamotten, die noch in der Berliner Wohnung sind, kannst du in die Kleidersammlung werfen, ich habe mir neue geholt, und die restlichen Sachen steckst du am besten in einen Pappkarton und schickst sie her.«

Sie verschwand auf wackligen Füßen grußlos durch die Eingangstür und ich hörte, wie ihr Golf langsam die Einfahrt runterfuhr.

»Na, wie war ich? – Schatz!«

»Verdammt schade, dass du nur eine Kollegin bist – Schatz! Sonst würde ich jetzt glatt den Bierkasten im Auto vergessen und mit dir den ganzen Nachmittag lang das Sofa teilen. Apropos Bierkasten, du darfst deinen Wodka nicht vergessen.« Ich wies auf die Kühlschranktür.

»Ist dein Wodka, Andi, hab ich für dich mitgebracht. Dadurch wirst du zum Mittäter und ich fühl mich sicherer. Krause-M bekommt auch noch eine Flasche, der liebt Onkel Bogdans Wodka auch. So sichert sich die kleine Schmugglerin ab.«

Sie warf mir einen verführerischen Blick zu, grinste und griff sich den Tiguan-Schlüssel. »Geh pennen, Andi, ich hol dich morgen um sieben ab, Krause-M will uns alle um acht sehen.«

Landeskriminalamt, Eberswalde
Krause-M kam mit einem dicken Bündel Akten unter dem Arm etwa zehn Minuten zu spät. Er setzte sich grußlos auf seinen Stuhl am Ende des langen Besprechungstisches.

»Wir haben einen neuen Hinweis von Witzlers Kollegen aus dem Innenministerium. Man hat bei einem Unfall auf der A11 einen schwer verletzten Fahrer aus einem polnischen Transporter geborgen. Dieser Transporter hatte Backmischung geladen, Backmischung für Brötchenteiglinge, Backmischung von Nussla, Backmischung aus einem russischen Herstellerbetrieb, Backmischung, die identisch mit der Backmischung aus den Haaren unserer Toten ist.« Er lehnte sich zurück und ließ seine Worte sacken.

»Der Empfänger der Backmischung ist ein Backbetrieb in Friedrichswalde. Der Backbetrieb ist als GmbH & Co. KG eingeschrieben, hat einen Deutschrussen als Geschäftsführer sowie eine Schweizer Beratungsgesellschaft als Finanzvorstand. Witzlers Kollegen haben über das Finanzamt einen Jahresumsatz von knapp 30 Millionen ermittelt, nicht so viel wie ›Kamps‹, aber für die Uckermark ungewöhnlich hoch.« Krause-M stemmte sich aus dem Sessel.

»Wir werden diesen Laden auseinandernehmen. Ich will eine komplette Liste aller Mitarbeiter, aller Förderungen, aller Kunden, aller Lieferanten. Ich will jeden Namen, der mit diesem Betrieb in Verbindung steht. Mila, Andi, ihr fahrt sofort raus und beschnuppert den Laden mal von außen. Frank und Willi, ihr fahrt rüber nach Frankfurt/Oder zur Steuerfahndung. Ich will wissen, warum die so viel Kohle machen und vor allem womit.«

Friedrichswalde, Schorfheide
Der Bäckereikomplex stand etwas außerhalb des Ortes. Ein dunkelgrüner Standardzaun mit einer blickdichten Tujahecke zäunte ihn ein. An allen vier Ecken sowie am Dach des langgestreckten Gebäudes waren Überwachungskameras zu sehen. Auf das Gelände kam man nur durch ein großes verzinktes Rolltor, das eine kleine Konsole auf der linken Seite hatte.

Mila und ich hatten am gegenüberliegenden Waldrand in einer Mulde mit einem schützenden Bewuchs Stellung bezogen. Zu den besonderen Extras meines Dienstwagens gehörten unter anderem zwei graue Thermomatten und ein leistungsstarkes Fernglas. So konnten wir trotz des anhaltend kalten Nieselregens relativ komfortabel das Geschehen im Auge behalten. Bisher hatte sich aber nichts bewegt. Ein dunkles Brummen und der helle Qualm aus einem Edelstahlabzug waren die einzigen Hinweise auf den laufenden Betrieb der Anlage. Der große Flachbau hatte die neue Architektur mittelständischer Gewerbebetriebe. Alle Produktionsflächen waren ebenerdig und der seitlich angeschlossene Verwaltungstrakt, in dem vermutlich auch die Sanitäranlagen und Garderoben lagen, war als Doppelgeschoss ausgelegt. Die Scheiben der vier großen Fenster im Obergeschoss waren verspiegelt, sodass auch die starke Optik meines Fernglases nicht erkennen ließ, ob sich dort jemand aufhielt. Das gesamte Gebäude war mit pulverbeschichteten Metallprofilplatten verkleidet. Um den Komplex war eine großzügige Grünfläche mit vereinzelten, niedrig wachsenden Sträuchern angelegt worden. Diese Anlage war von ihren Erbauern unauffällig, aber sehr effektiv gegen mögliche Beobachter geschützt worden.

Nach etwa einer Stunde kam ein Transporter mit Barnimer Kennzeichen. Der Fahrer hielt eine Karte vor das Lesefeld der seitlichen Konsole, das Tor fuhr auf und der Wagen verschwand nach links abbiegend aus meinem Blickfeld. Bevor das Tor wieder zufuhr, konnte ich einige Pkw auf einem Parkplatz vor dem Flachgebäude ausmachen, es wurde also gearbeitet. Um nicht den ganzen Tag in der unbequemen Mulde liegen zu müssen, installierte ich eine kleine unscheinbare Webcam, die ihre Bilder über das GSM-Netz senden würde, verschlüsselt natürlich und auch erstmal nur auf Krauses Cloud in Berlin. Das würde ich aber für mich behalten.

»Sag mal, Andi, sind alle Dienstwagen des Innenministeriums mit warmen Isolierdecken, die praktischerweise auf der Außenseite ein Maschennetz zum einflechten von Gräsern und Blättern der unmittelbaren Umgebung haben, ausgestattet?« Sie grinste herausfordernd.

»Nicht alle, Mila, nicht alle, meiner schon«, grinste ich zurück. Mila war eine gute Beobachterin, hatte einen schnell arbeitenden, messerscharfen Verstand … und aufregende Lippen. Wir verstauten die Decken wieder in der Reserveradmulde und fuhren zurück in den Ort, um Informationen über den Betrieb zu sammeln.

Unsere erste Wahl war ein Besuch in der ortsansässigen Landbäckerei Hagenback. Wir bestellten uns zwei frische Spritzkuchen und jeder einen großen Pott Kaffee. Die Bäckersfrau konnte uns nicht viel über den Betrieb berichten und rief nach ihrem Mann, der hinten in der

Backstube gerade eine Ladung Mischbrote aus dem Ofen zog.

»Bernd, haste mal 'ne Minute? Hier sind junge Leute, die haben ein paar Fragen.«

»Ick bin Bäcker und keene Auskunft, ick hab keene Zeit für solchen Quatsch, ick muss dit Brot rausholen, Hilde! Is der Timmi schon zurück aus Eberswalde? Der muss dit Brot nach Templin bringen und zwar zacki, zacki. Ruf ihn mal an, der soll sich sputen, der faule Sack. Schick die beeden einfach nach hinten.« Gelebte Freundlichkeit in der Uckermark.

»Wer sind Se denn und wat woll'n Se denn wissen?« Bäckermeister Hagenback zog immer noch Mischbrote aus seinem doppelstöckigen Backofen und stapelte sie zum Abkühlen in ein rollbares Stahlregal.

»Wir sind Kommissar Witzler und Kommissarin Levandowski von der Kripo in Eberswalde. Wir hätten da einige Fragen zum Backbetrieb hinten am Birkenhof.«

»Backbetrieb, dass ick nich lache. Wat soll dit denn für'n Backbetrieb sein, die stell'n Teiglinge her, nüscht als einfache Teiglinge, die haben da nich mal 'nen Ofen, een Bäcker ohne Ofen, soweit isset schon jekommen.«

»Teiglinge, Herr Hagenback, was sind denn Teiglinge?« Mila schnurrte mit ihrer verführerisch tiefen Verhörstimme.

»Teiglinge sind zum Backen vorbereitete Brötchen oder andere Backwaren, die mit Zusatzstoffen haltbar jemacht werden und die se jederzeit innem Ofen vor Ort zu Brötchen, Croissants oder sonste wat backen können. Haben se heute meist in die janzen Discounter. Da stell'n se irjendwo innen Ecke so'n automatischen Heißluftofen uff und die Kassiererin stürzt denn jedet Mal da hin, wenn der Ofen wie bekloppt hupt. Denn kipp'n se de janze Ladung Semmeln oder irgendwat anderet in so 'ne uffgestellten Rejale und erzähl'n de Kunden, dass se jetze och frische Brötchen, Brot, oder wat och imma aus ihre Zauberöfen kommt, kofen können. Dat der Kram, aus den se dit backen, vorher tajelang durch halb Deutschland jekarrt wurde, verschweijen se aber lieber. Jott sei Dank lassen sich aba nich alle von die Discounterfritzen verarschen, einige legen noch Wert uff Frische und Qualität, die kofen dann unser Mischbrot und unsere Schrippen, natürlich nur, wenn Timmi endlich aus'n Arsch kommt und dit Brot nach Templin bringt. Hilde, haste den Timmi anjerufen?«, brüllte der Bäckermeister vor in den Laden. »Der ist gleich da!«, tönte es zurück.

Drei Minuten später rollte der in den Farben der Bäckerei Hagenback lackierte Renault auf den Hof.

»Wo bleibste denn, Timmi? Pack die Brote in und ab jeht dit, die warten in Templin schon, jib Jas, Junge.«

»Ich hatte einen Platten, ich sehe aus wie eine Sau!« Zum Beweis zeigte der junge Mann seine dreckverschmierten Hände, selbst die weiße Bäckerjacke war bis zum Ellenbogen voller Flecken.

»Hätteste nich wenigstens die Jacke ausziehen können zum Radwechseln? Man, die is völlig hin!« Der Meister machte ein verdrießliches Gesicht.

»Ja klar! Mensch Meister, wir haben Ende November! Ich wechsele das Rad doch nicht im T-Shirt.« Der Lehrling verschwand in Richtung Angestelltentoilette, um sich zu säubern.

»Kommt ihr Lehrling auch aus Friedrichswalde?« Ich hatte bemerkt, wie der Junge zu Mila rübergeschielt hatte und wollte sein Interesse an Mila ausnutzen, um ihn auszuhorchen.

»Ja, der is och von hier, jar nich so doof und eijentlich janz fleißich, wenn er ma da is. Hier noch 'n Lehrling zu finden, is ja eh schon 'ne Kunst. Wenn se 'n bisschen wat inne Birne ham, jehn se entweder in Westen zur Lehre oder jehn nach Berlin. Bin schon froh, dass wa den Timmi haben. Der kommt übrigens hinten vom Birkenhof, die Alten machen da noch 'n bisschen Landwirtschaft. Timmi, werd ma fertig, dit Brot muss weg.«

Beim Beladen des Autos ließ ich mir Timmis Handynummer geben. Er machte einen freundlichen, ehrlichen Eindruck. Schienen einen guten Griff gemacht zu haben mit ihrem Lehrling, die Hagenbacks.

Auf dem Rückweg nach Eberswalde hielten wir an der Tankstelle in Joachimsthal. Als wir auf das Gelände abbogen, sah ich im Rückspiegel, wie ein silberner Touareg langsam an der Tankstelle vorbeifuhr und dann beschleunigte. Mila hatte ihn ebenfalls bemerkt und sah mich fragend an. War man uns gefolgt? Mila ging die Rechnung bezahlen, ich blieb im Wagen sitzen und wählte die Nummer von Hagenbacks Lehrling. Wir brauchten ein schnelles Treffen. Wenn er auf dem Birkenhof großgeworden war, musste er das ganze Baugeschehen und alles, was so in den letzten Jahren passiert war, hautnah gesehen haben. Sicher waren er und seine Freunde damals auch auf der Baustelle unterwegs gewesen. Die mussten um die dreizehn, vierzehn Jahre alt gewesen sein. Ich erwischte den Jungen beim Brotausladen in Templin und vereinbarte für Sonntag einen Termin nachmittags bei ihm zu Hause.

Birkenhof, Schorfheide

»Der Junge ist eben erst nach Hause gekommen, was wollen Sie denn von ihm?« Die dicke Frau, die uns aus dem Fenster musterte, schien die Mutter von Timm zu sein, der Junge hatte ihre Gesichtszüge geerbt.

»Mein Name ist Andi Witzler, wir sind von der Kripo in Eberswalde und haben uns mit Ihrem Sohn verabredet. Keine Angst, wir haben nur ein paar Fragen an ihn. Er steht nicht unter Verdacht. Vielleicht kann er uns aber bei unseren Ermittlungen helfen.« Sicherlich war sie fürchterlich neugierig, aber zu fragen, worum es ging, war ihr anscheinend zu peinlich.

»Gehen Sie ruhig rauf, mein Mann ist hinten am Mistplatz, macht den Bullenstall sauber. Ich sag Timm mal Bescheid. – Timmiiiiiiiiiiii, Timm, da sind zwei Leute von der Polizei für dich!« Sie hatte ein lautstarkes Organ.

Timm musste schon auf uns gewartet haben. Er kam augenblicklich aus der Haustür und winkte uns.

»Wir gehen besser zu mir rüber«, lotste er uns in Richtung einer großen Scheune. In die gemauerte Ziegelwand war eine grob gezimmerte Holztür eingelassen. Wir traten ein und stiegen eine schmale Stiege hinauf. Oben war ein kleiner Vorraum, der vom Licht einer frei hängenden Energiesparlampe an der Scheunendecke erhellt wurde. Links vor einer dunklen Zimmertür stand ein großer

Bauernschrank und ein Schuhregal, in dem Timm wenigstens zehn Paar teure Nike-Turnschuhe in den bevorzugten schrillen Farben geparkt hatte.

»Kommen Sie rein, ich hab geheizt.« Er schlüpfte durch die Tür, nicht ohne sich vorher die Schuhe auszuziehen. Dann drehte er sich um und sah uns auf die Füße. Sein Blick verweilte einen Augenblick zu lang auf Milas hohen Stiefeln, in denen ihre langen Beine mit den dunkelbraunen Lederhosen steckten.

»Sie können die Schuhe anlassen, aber bitte saubermachen, Vater hat den Mist über den Hof gekarrt.«

Wir traten über die Schwelle und waren echt überrascht. Wir hatten eine »Jungsbude« erwartet – unordentlich, vollgepackt mit pubertären Accessoires wie Motorradklamotten, Helm, leeren oder vollen Bierflaschen, Postern von Mädels oder Autos an der Wand. Aber der relativ große Raum war sehr modern eingerichtet, wie eine Hotelsuite. An der langen Wand stand eine große, helle Naturholzanrichte, gegenüber stand ein Lowboard aus dem gleichen Holz, zwischen den beiden bis auf den Boden reichenden Fenstern hing ein riesiger Flatscreen von Samsung, der mit Sicherheit kein Schnäppchen beim MediaMarkt gewesen war. In der Mitte des Zimmers lag ein dunkler, bauschiger Hochflorteppich auf dem hochwertigen Parkettboden. Eine mahagonifarbene Ledercouchecke lud in der hinteren Zimmerecke zum Verweilen ein, davor zwei bequeme Sessel und ein extravaganter Tisch aus einer gebogenen Glasfläche. Verdammt, hier hatte jemand nicht nur verdammt viel Geld, hier hatte jemand richtig Geschmack.

»Geile Bude, Timm!« Mila strahlte den Jungen ehrlich beeindruckt an. »War bestimmt nicht billig?«

»Ich hab mir ja sonst nichts weiter geleistet. Meine Alten stehen total auf die Ökonummer. Die haben immer noch das Schlafzimmer von meinen Großeltern und auf der Couch im Wohnzimmer liegen überall Decken, damit man die abgescheuerten Stellen nicht sieht. Das habe ich schon immer gehasst. Als wir, Opa und ich, damals hier die Bude für mich ausgebaut haben, war klar, dass ich mir vom ersten Geld vernünftige Möbel kaufe.«

Der Junge war stolz auf seine Bude und er hatte allen Grund dazu. Mein Wohnzimmer in Joachimsthal war nicht mal halb so groß und voll mit allem möglichen Prökel, der nicht zueinander passte. Nun hatte ich aber auch bei den Shoppingtouren mit Mona so manches Preisschild gelesen und eines war mal klar: Die Ausstattung war nicht vom Lehrlingsgeld eines Bäckerjungen zu bezahlen. Da musste von irgendwoher Kohle fließen.

»Da hast du aber ordentlich gespart, mein Lieber, oder hat Opa geholfen?« Ich spielte auf eine mögliche Erbschaft an.

»Opa braucht seine Kohle allein, der ist in so einem irre teuren Pflegeheim, und bei den monatlichen Zahlungen an die Pflegebande wird am Ende nichts mehr da sein! Sagt jedenfalls mein Alter immer.« Er griente, anscheinend machte er sich über die Piefigkeit seiner Eltern lustig.

»Ich verdiene meine Kohle selbst. Seit ich zwölf bin, gehe ich jobben. Erst hab ich die Milchkannen der Bauern gewaschen für fünfzig Cent die Kanne, später hab

ich dann auf der Baustelle vom Backbetrieb gejobbt.«
Mir wurde warm ums Herz, da hatte ich doch genau den richtigen Riecher gehabt, auch wenn ich nicht mit dem Ehrgeiz und dem Geschmack des unscheinbaren Timm gerechnet hatte.

»Du jobbst nebenbei im Backbetrieb?«

»Nicht mehr, ich hab da bis zur Lehre neben der Schule gearbeitet, auf der Baustelle. Später, als der Betrieb losging, haben die keine Leute von hier mehr haben wollen. Die haben da nur noch Polen. Ich glaub, da sind nur noch ein paar Deutsche in der Verwaltung, jedenfalls kommen da jeden Morgen einige Autos mit Berliner Kennzeichen und natürlich der Polenbus.«

»Der Polenbus, was für ein Polenbus?« Mila schnurrte gefährlich tief.

»Der Bus mit den polnischen Arbeitskräften. Die kommen morgens um sechs hier an und fahren abends um sechs wieder los. Wir nennen das Ding nur den Polenbus, weil damit die Polen angekarrt werden. Zwei Typen aus Ringenwalde sind mal hinterher gefahren, um zu sehen, wo die Karre jeden Abend hinfährt. Die sind kurz vor der polnischen Grenze durch einen Geländewagen von der Straße gedrängt und dann ordentlich verdroschen worden. Die haben kein Sterbenswörtchen erzählt. Ich weiß es auch nur, weil der Sohn von dem einen Typen mit mir in eine Klasse gegangen ist. Der hat mir dann erzählt, dass sein Vater mitten in der Nacht mit völlig polierter Fresse aufgetaucht ist und meinte, er hätte einen Autounfall gehabt. Die Karre war zwar dreckig wie Sau, hatte aber nicht einen einzigen Kratzer. Wie auch immer, es scheint sich rumgesprochen zu haben, dass Fragen ungesund fürs Zahnfleisch sind. Jedenfalls machen jetzt alle einen Bogen um den Backbetrieb. Vielleicht sollte ich gar nicht mit Ihnen reden.«

»Mach dir keine Sorgen, Timm, wir werden nichts verraten. Wir dürfen schon von Amts wegen nicht über unsere Ermittlungen reden und außerdem schützen wir unsere Quellen.« Mila sah dem Jungen in seine blauen Augen. »Wir wollen doch nicht, dass dir was passiert.« Ihre Stimme klang fürsorglich.

Timms Mutter klopfte an die Tür. »Dauert's noch lange? Ich hab nämlich Abendbrot fertig. Woll'n Sie was mitessen?«

Wir lehnten dankend ab und machten uns auf den Weg zu mir nach Joachimsthal, um die neuen Erkenntnisse zu protokollieren.

Joachimsthal, Schorfheide

Mein Wohnzimmer konnte weder beim Teppich noch bei den Möbeln mit Timms Suite mithalten. Durch die zeitweilige Umfunktionierung zum Büro lagen überall Ausdrucke, Blätter und Schokoladenpapier herum. Dank Milas Ordnungsliebe waren wenigstens die Gläser und Kaffeepötte stets sofort in den Spüler gewandert. Der Teller mit dem Restsenf und der halben Bockwurst, den ich vorgestern Abend »aus Versehen« mit dem Hacken unter das Sofa geschoben hatte, war ihr aber entgangen. Der Gedanke an Timms Ordnung machte mir ein schlechtes Gewissen, und artig trug ich das traurige Überbleibsel einer schönen Mahlzeit in die Küche, entfernte sorgfältig die Reste und stellte den Teller in den Geschirrspüler.

»Du hattest den Teller nicht unter dem Sofa geparkt, Andi? Sag mir, dass das nicht wahr ist. Du bist wirklich ein Vandale!« Mila schüttelte angewidert den Kopf. »Wie kann man so leben? Ich werd euch Männer nie verstehen.«

»Nicht alle Männer sind so, Mila. Krause-M zum Beispiel, der ordnet sogar die Bleistifte auf seinem Tisch nach Größe. Ich kann mir nicht vorstellen, dass der irgendwo dreckiges Geschirr rumstehen lässt. Der alte Pedant trinkt seinen letzten Schluck Kaffee immer vor der Spüle, um die Tasse sofort auswaschen zu können, der Spießer!«

»Siehste, gut, dass du mich dran erinnerst. Krause-M hat vorhin eine Mail gesendet und uns morgen früh ins Büro geordert.«

»Was meint er denn mit früh?« Krause-M hatte im Laufe der Ermittlungen seine Startzeit immer weiter vorverlegt, anscheinend litt er mit zunehmendem Erfolgsdruck an seniler Bettflucht.

»Sieben Uhr, Eberswalder Zeit!«

»Blödes Arschloch!« Ich hasste ihn augenblicklich, denn das hieß für mich, um halb sechs aufzustehen. »Mein Gott, wenn er so früh wach ist, dann soll er sich in sein trostloses Büro hocken, seine Akten studieren, aber den Rest der Welt in Ruhe lassen!«

Mila drehte sich zu mir und schüttelte lachend den Kopf.

»Mensch Andi, manchmal benimmst du dich wie ein pubertierender Bengel.«

»Ich hätte auch gerne eine Bude wie ein pubertärer Bengel!« Timms elitäres Apartment wurmte mich tiefer, als ich mir eingestehen konnte.

»Dafür müsstest du aber auch jeden Tag wie ein Bäcker aufstehen, um halb drei!« Mila grinste.

»Genau, Mila, um halb drei, und als erstes würde ich jeden Morgen Krause-M anrufen, nur um ihn zu wecken.« Wir brachen beide in schallendes Lachen aus.

Um kurz nach vier in der Nacht vibrierte mein Handy auf dem Nachttisch. Die Mutter von Timm war völlig aus dem Häuschen.

»Der Junge ist verschwunden, mein Timmi!« Ich versuchte sie zu beruhigen, aber vergebens.

»Der Hagenback hat vor zehn Minuten angerufen, weil der Timm nicht angekommen ist. Der hatte schlechte Laune, weil die Schrippen ja jeden Morgen nach Eberswalde und Templin müssen. Der Timm ist wie jeden Morgen mit dem Lieferwagen von Hagenback um kurz nach halb vier vom Hof, ich hab noch gehört, wie er das Tor zugemacht hat. Er ist aber nicht beim Hagenback angekommen. Ich mache mir Sorgen, wo kann er denn nur hingefahren sein? Ich bin kurz davor, durchzudrehen.« Sie machte eine kurze Pause, um Luft zu holen.

»Frau Lampert, wir kommen sofort raus. Ich rufe den Bäcker Hagenback an und kläre die Sache für Timm. Sie können in der Zeit aber mal überlegen, wo der Timm vielleicht noch sein könnte, bei einem Kumpel, bei einem Mädchen oder wo auch immer. Wir sind schon auf dem Weg, bis gleich Frau Lampert.« Ich legte auf und probierte, Bäcker Hagenback zu erreichen, Fehlanzeige. Schon hatte ich die Kurzwahl von Mila gedrückt.

»Mila, die haben sich den Bengel gegriffen. Schwing deinen Arsch aus dem Bett und komm sofort her. Wir fahren raus zum Hagenback, der geht auch nicht ans Telefon. Wenn die dem Bengel auch nur ein Haar krümmen, ziehe ich ihnen das Rückgrat durch die Nase!«

»Andi?« Aber ich hatte schon aufgelegt und war auf dem Weg unter die eiskalte Dusche. Fünf Minuten später stand ich fertig angezogen vor meiner Espressomaschine und wartete darauf, dass sie endlich ausgefaucht hatte, zwei große Löffel Zucker rein, umgerührt und los, runter in den Keller. Ich zog zwei Eimer Wandfarbe aus dem Regal und schob den hinter dem Regal stehenden Tapeziertisch beiseite. Auf dem freigelegten Display des eingemauerten Safe hämmerte ich den achtstelligen Code ein. Die Tür schwang auf. Ich nahm die beiden matt schimmernden Glock 19c heraus, schob zwei volle Magazine ein, lud durch und steckte sie in die beiden Schulterholster, danach schob ich noch sechs Reservemagazine in die dafür eingenähten Fächer meiner schwarzen Cargohose. Zwei der modernsten Kurzwaffen unter den Achseln, hundertzwanzig Schuss am Mann, am ausgebildeten Mann. Das letzte Mal, dass ich diese Waffen benutzt hatte, war einige Jahre her. Damals hatte ich bei einem Auslandseinsatz eine Operation eines befreundeten Nachrichtendienstes begleitet. Seinerzeit waren vier tote Taliban in dem angeblich sicheren Haus zurückgeblieben und in allen hatten unzählige 9x19-Millimeter-Geschosse gesteckt. Ich mochte diese Waffe, ihr Kompensator machte optimale

Präzisionsschussfolgen bei hoher Feuergeschwindigkeit möglich. Die Amerikaner hatten sich damals gar nicht mehr eingekriegt mit ihrem Lob. Nun würde ich, wenn notwendig, Timms Leben damit verteidigen. Mila stand zwanzig Minuten später vor dem Tor. Noch bevor ich richtig im Wagen saß, raste Mila mit durchdrehenden Rädern los.

»Was ist passiert, Andi?« Mila war ziemlich aufgedreht.

»Was soll passiert sein? Die haben uns gestern beobachtet und eins und eins zusammengezählt. Ich hab noch keine Beweise, aber ich bin mir nahezu sicher, dass das Verschwinden von Timm Lampert mit unserem Besuch von gestern zusammenhängt. Wir haben da anscheinend in ein Wespennest gestochen. Hast du deine Dienstwaffe dabei?« Mila drehte sich mit aufgerissenen Augen zu mir.

»Schau nach vorn, oder willst du uns umbringen?«, schrie ich sie an. Ich hatte sie noch nie angeschrien, sie zuckte zusammen und riss den Wagen zurück auf die Straße.

»Hast du nun deine Knarre dabei oder nicht?«

»Die liegt in der Waffenkammer, in der Dienststelle, scheiße!«

Damit hatte ich gerechnet. Wir hatten in den letzten Tagen nie Waffen dabei gehabt, eine unentschuldbare Leichtfertigkeit. Wir waren Kripobeamte mitten in Ermittlungen, bei denen vermutlich russische Militärangehörige und ein ehemaliger KGB-General zu Tode gekommen waren. Mila machte große Augen, als ich ihr meinen Holster mit meiner Polizeidienstpistole SIG Sauer P226 rübergab.

»Fünfzehn im Magazin, eine im Patronenlager, geladen, gespannt, gesichert, im Holstergurt stecken noch zwei volle Magazine.«

»Andi, ziehen wir in den Krieg?« Sie fragte nicht hysterisch, sie fragte ruhig und überlegt.

»Kannst du mal das Lenkrad übernehmen?« Mila streifte sich die Jacke ab, gurtete das Holster professionell über ihren schwarzen Sweater und zog die Jacke wieder an.

»Andi?«

»Ich weiß nicht, Mila, aber wenn es Ärger gibt, will ich nicht mit runtergelassener Hose dastehen.«

»Wir müssen Krause-M anrufen!«

»Du kannst ihn anrufen, wenn wir beim Hagenback sind und jetzt tritt mal drauf.« Der Tiguan jagte wie angestochen über die Landstraße nach Friedrichswalde. Mila hielt ihn mit millimetergenauen Lenkradbewegungen auf der Fahrbahn. Mein Gott, konnte diese Frau Auto fahren.

Wir flogen förmlich durch das offene Tor auf den Hof der Bäckerei. Dort stand der Bäcker eingekeilt von zwei massigen Schlägern, die auf ihn eindroschen. Das grelle Licht meiner Xenonlampen ließ sie sich ruckartig umdrehen. Noch bevor sie auch nur auf den Gedanken kamen, ihre Waffen zu ziehen, war ich aus dem Wagen gesprungen, hatte die Glocks aus den Holstern gerissen und brüllte »Hinlegen, Polizei, Sie sind verhaftet.« Die Situation war so surreal, dass die beiden Schläger wie erstarrt verharrten.

Der linke Akteur fand als erster wieder zu sich. Er sprang auf mich zu und wollte mit einem blitzschnellen Griff die rechte Glock aus meiner Hand winden. Ich kannte dieses

Manöver. Es war die Standardvariante der Handfeuerwaffenabwehr der russischen Spetsnaztruppen. Während des Sowjetischen Afghanistankrieges waren unzählige Soldaten zu den Mudschaheddin übergelaufen. Dort hatten sie ihr umfangreiches Nahkampfwissen an die Afghanischen Freischärler weitergegeben. Wir hatten also vor unserem Auslandseinsatz 2003 die russischen Manöver und die entsprechenden Gegenmaßnahmen tausende Male in Bad Reichenhall trainiert. So kam die Gegenreaktion blitzschnell und automatisch. Ich ging ihm entgegen, verließ aber seinen Sprungweg, schoss eine Doublette an seinem rechten Ohr vorbei. Als er aufkam, schoss ich ihm eine weitere Doublette genau vor die Füße.

»Die nächste Doublette stempel ich dir direkt durch dein Gehirn, Iwan. Hinlegen!«, brüllte ich die beiden an. Den Russen war augenblicklich klar, dass ich kein gewöhnlicher Polizeibeamter war. Ich hatte ihre Kampftaktik vorausgesehen, und ich würde sie beide abknallen wie räudige Hunde. Ich war ein Soldat, ein äußerst gefährlicher Soldat.

»Mila, ich fessele die beiden jetzt. Sollten sie auch nur blinzeln, knall sie ab. Du bekommst jede Notwehraussage von mir, die du brauchst.« Mila sah kurz rüber und lächelte. Die Russen begriffen, dass auch von Mila keine Gnade zu erwarten war. Hagenback stand wie gelähmt in der Tür der Backstube. Sein Mund war offen, die Augen starrten groß, ohne zu blinzeln, auf seinen Hof.

Ich ließ die Russen Rücken an Rücken Aufstellung nehmen. Erst zog ich ihnen die beiden Makarovpistolen aus dem Hosenbund, dann fesselte ich sie straff am Hals zusammen. Wir gingen alle drei langsam zum Kofferraum des Tiguan. Mila, die P226 immer im Anschlag, folgte uns mit der Geschmeidigkeit einer Katze. Ich öffnete die Klappe, zog zwei Handschellen aus dem linken Seitenfach und legte sie ordentlich, fest und ins Fleisch schneidend an. Dann gab ich den beiden einen unerwartet harten Stoß und faltete sie grob in den engen Kofferraum des Tiguan. Ihre Schmerzensrufe konnte ich schon nicht mehr hören, so schnell hatte ich die Kofferraumklappe zugeschlagen.

»Mila, ruf Krause-M an, er soll sofort mit der Kavallerie beim Backbetrieb erscheinen. Und Sie, Herr Hagenback, gehen sich am besten mal das Blut aus dem Gesicht waschen. Wir müssen jetzt weg, aber in einer halben Stunden kommen Kollegen vorbei. Wenn die Nachbarn fragen wegen der Schüsse, sagen Sie einfach, Ihr Auto hätte Fehlzündungen gehabt. Kriegen Sie das auf die Reihe?« Er sah mich wie ein Irrer an, lachte und schlug mir auf die Schulter. »Jeht klar, Herr Witzler! Jeht klar!«

»Mila, los geht's, wir müssen zum Backbetrieb.«

Der Tiguan raste rückwärts aus dem Gehöft, Mila riss das Lenkrad herum, der VW drehte auf der Stelle und katapultierte mit vier kreischenden Reifen davon. Mila hatte wieder einmal das ESP ausgeschaltet, kein ESP konnte eben manchmal auch Leben retten. Nach nicht einmal einer Minute stoppten wir mit hämmerndem ABS nur Zentimeter vor dem großen Tor des Backbetriebes. Ich stieg aus und drückte ungeduldig auf den schwach leuchtenden Klingelknopf.

»Ja bitte?«

»Kriminalpolizei, öffnen Sie sofort das Tor!«

»Augenblick, ich muss erst eine Rückfrage machen.«

»Wenn das Tor nicht in drei Sekunden aufgeht, nehme ich Anlauf und fahre durch, haben Sie mich verstanden?«

Der Tiguan rollte langsam rückwärts, stoppte kurz, Mila ließ den Motor aufheulen. Das Wachpersonal schien meine Warnung aber ernstzunehmen und das Tor schob sich auf.

Genau in diesem Augenblick klingelte mein iPhone mit dem eindringlichen Klingelton, der mir einen Anruf der Kategorie »Dienstlich, extrem wichtig!« ankündigte. Ich bat Mila mit einer Geste, noch zu warten.

»Witzler hier.« Auf der anderen Seite der Leitung war Krause, ruhig und sachlich.

»Fahren Sie auf keinen Fall durch das Tor, auf keinen Fall. Hauen Sie sofort ab dort. Kommen Sie unverzüglich nach Berlin.«

»Aber Chef, die haben den Jungen entführt, ich bin mir sicher, dass der Junge auf dem Hof festgehalten wird. Krause-M wird jeden Augenblick mit dem SEK hier aufschlagen!«

»Wird er nicht, Witzler, ich konnte ihn gerade noch stoppen. Der Junge ist nicht auf dem Gelände, da bin ich mir sicher, völlig sicher. Kommen Sie sofort her, ohne Stopp, ohne Pause, auf direktem Weg zu mir in die Dienststelle mit Ihren beiden Gefangenen. Sie haben die Richtigen im Kofferraum, stehen aber vor dem falschen Tor.«

»Ich bin nicht allein.«

»Bringen Sie Mila mit. Die Tarnung mit dem Beamten aus dem Innenministerium ist aufgeflogen, und Ihre intelligente Partnerin hat Ihnen die Geschichte wahrscheinlich sowieso nie richtig abgenommen. Kommen Sie sofort mit den beiden Russen zu mir und passen Sie auf, dass Sie nicht von der Straße abkommen!« Mila saß immer noch angespannt vor dem Lenkrad, bereit, mit dem Tiguan auf den Hof zu stürmen.

»Wir hauen ab Mila, auf der Stelle. Gib Gas, wir müssen nach Berlin, mit den beiden Russen.« Es dauerte einen winzigen Augenblick, bis Mila umschaltete. Dann trat sie auf das Gaspedal. Wir jagten zurück auf die Landstraße und ließen das Tor weit offen stehend zurück. Ich war mir nicht so sicher wie Krause, mein Gefühl sagte mir, dass wir dort gerade Timm Lampert seinem Schicksal überließen.

»Wohin soll's denn in Berlin gehen, Andi?« Mila rief das Navi auf.

»In meine Dienststelle in der Chausseestraße.«

»Chausseestraße, alles klar. BND passt auch besser zu dir als Innenministerium.« Sie verzog spöttisch ihre Mundwinkel.

Chausseestraße, Berlin

Wir waren von Krause angemeldet worden und rollten zügig durch das offene Tor auf das Gelände der BND-Zentrale, bogen dann rechts in den Tunnelweg, der uns in den Kellerbereich führte. An der Schranke standen bereits Beamte, die unseren Wagen und unsere Gefangenen übernahmen. Einer der Kollegen brachte uns zum Lift und drei Minuten später saßen wir bei Krause im Besprechungszimmer.

»Mila, ich darf Sie doch Mila nennen, Frau Levandowski?«

Mila bestätigte Krauses Annahme durch ein Kopfnicken.

»Wissen Sie, wo Sie sind? Wissen Sie, wer wir sind?«

Wieder nickte Mila. »Ich hatte gleich so eine Ahnung als Andi, ich meine Herr Witzler, so plötzlich in unserer Behörde auftauchte. Weiß eigentlich Krause-M von Andis wahrer Mission?«

»Seit heute Morgen ist er offiziell davon unterrichtet, aber er hatte das gleiche Gespür wie Sie, Mila. Ich will offen mit Ihnen sprechen, wenn ich mir Ihrer Verschwiegenheit sicher sein kann. Das kann unter Umständen zu Konflikten mit Ihrem jetzigen Dienstherren führen, darauf muss ich Sie hinweisen.« Krause war wie immer selbstsicher, trocken und agierte im gewohnten Beamtendeutsch.

»Wir haben ein unbedingtes Interesse daran, dass Krause-M seine Ermittlungen weiter als Fahndung in einem Mordfall führt. Äußere Einflüsse durch Hintergrundwissen würden seine Ermittlungsmethoden beeinflussen, und genau das wollen wir nicht.«

»Sie reden immer von ›wir‹ Herr Krause, wer ist denn ›wir‹?« Mila hatte Krause einfach in seinen Ausführungen unterbrochen. Ich wusste, wie aufgebracht er darüber sein konnte, und um so mehr war ich überrascht, als er nur kurz die Augenbrauen hochzog und sachlich weitermachte.

»Damit meine ich im Augenblick meine Behörde als Vertretung der gegenwärtigen Bundesregierung. Ich möchte aber meine Frage von vorhin noch einmal wiederholen. Wie steht es mit Ihrer Verschwiegenheit? Ein ›Ja‹ kommt in diesem Fall einer Aussage unter Eid gleich, mit allen Konsequenzen, die sich daraus ergeben könnten, Mila, ist Ihnen das bewusst?«

»Ja!«

»Was, Ja? Ja, es ist Ihnen bewusst, oder Ja, Sie werden schweigen können?« Krause wartete auf eine Antwort.

»Ja, ich kenne die Konsequenzen und ja, ich werde schweigen!« Mila hatte sich entschieden und Krause schenkte ihr zwanzig Minuten lang ziemlich reinen Wein ein. Nicht alles, aber doch wesentlich mehr Informationen als erwartet. Dann war ich an der Reihe.

»Sie haben mich mit Ihrer Aktion ziemlich überrumpelt, Witzler, ich will das mal so vorsichtig formulieren. Als mir heute morgen um kurz nach vier mein Handy mit einem Alarm vermeldete, dass Sie den Safe geöffnet und volle Bewaffnung angelegt haben, war die Nacht vorbei. Ich konnte mir ungefähr vorstellen, was in Ihnen vorging. Nachdem ich den Handymitschnitt von Ihrem Telefonat mit Frau Lampert gehört hatte, war mir auch klar, wohin Sie der Weg führen würde. Sieben Minuten später startete der Tiguan von Eberswalde in Richtung Joachimsthal, reife Leistung, nebenbei gesagt, Mila. Innerhalb einer Viertelstunde stand hier alles Kopf. Wir haben sofort die Kamera überprüft und festgestellt, dass der Sender um kurz nach drei aufgehört hat zu senden, vermutlich wurde er zerstört.«

Bisher hatte ich spekuliert, dass Krause die Entführung des jungen Lampert auf den Bildern verfolgen konnte und daher wusste, dass es nicht die Leute vom Backbetrieb waren. Nun stellte sich aber heraus, dass zum Zeitpunkt der vermutlichen Entführung meine Kamera schon nicht mehr sendete.

»Warum sind Sie dann so sicher, dass es nicht die Leute vom Backbetrieb waren?« Ich musste diese Frage einfach stellen, wenngleich ich schon ahnte, dass Krause mir eine ausweichende Antwort geben würde.

»Ich weiß, wer ihn entführt hat, und ich kann Ihnen versichern, dass es ihm gut geht. Ich hatte so eine Ahnung und genau diese Ahnung hat sich nach einem Kontrollanruf bestätigt. Die beiden Schläger, die Sie beim Hagenback eingesammelt haben, waren übrigens vom Backbetrieb. Die hatten die gleichen Fragen wie Sie. Die sollten herausbekommen, wer direkt vor ihrem Tor den Wagen vom Hagenback gekidnappt hat. Da wollte jemand den Backfritzen die Entführung unterjubeln und sie ins Scheinwerferlicht rücken.«

Krause nahm einen Schluck Mineralwasser aus einer Plastikflasche, die er unter seinem Schreibtisch deponiert hatte. Anscheinend war er wieder einmal auf Diät. Er wischte sich über den Mund.

»Auf unserem Territorium wird wohl gerade eine Fehde zwischen zwei oder mehreren ausländischen Parteien ausgefochten. Eine deutsche Beteiligung wollen und können wir ebenfalls nicht ausschließen. Genau aus diesem Grunde möchte ich, dass Sie genau so weitermachen wie bisher. Krause-M ist von mir zur Verschwiegenheit verdonnert worden und dem Hagenback werden wir erzählen, dass Witzler ein Ex-SEK-Mann aus dem Innenministerium in Berlin ist, der die Kripo in Eberswalde bei einer Ermittlung unterstützt und basta, einfach die alte Geschichte weiterspinnen. Der Hagenback ist ohnehin einfach nur überglücklich, dass Sie zur rechten Zeit am rechten Ort seinen Arsch gerettet haben. Wirft doch ein gutes Bild auf die Eberswalder Polizei, immer zur Stelle, wenn sie wirklich mal gebraucht wird.« Krause, der alte Zyniker.

»Aber was ist mit Timm Lampert, Chef? Was soll ich der Mutter sagen? In welche Richtung können wir ermitteln?«

»Das Leben des Jungen ist im Augenblick sicher, dafür lege ich meine Hand ins Feuer. Sie können ihn nachher hier in Berlin einsammeln. Sie sollten ihn richtig ausquetschen. Denn die Bude, von der Sie mir erzählt haben, hat er sich nicht mit dem Geld vom Milchkannenwaschen finanziert. Der Junge hat Ihnen den entscheidenden Teil seiner Einkünfte verschwiegen. Er wird für seine Eltern und den Hagenback auch eine glaubhafte Entschuldigung seiner Fehlschichten parat haben. Es wäre nicht die erste Lüge, die er ihnen auftischt. Sie bekommen Ort und Zeit für die Abholung von Timm Lampert per Mail. Danke für Ihre Aufmerksamkeit, es war nett, Sie kennengelernt zu haben, Mila, aber nicht vergessen: Psst!« Krause hielt sich den linken Zeigefinger vor die Lippen, nickte gefällig und verschwand aus der Tür.

»Dein Krause hat uns etwas Grundlegendes mitgeteilt, aber alle Details hat er im Unklaren gelassen. Warum, Andi?«

»Weil er die Details vermutlich selbst noch nicht kennt. Das kommt bei unserer Arbeit oft vor. Sagen wir mal so, wir haben oft ziemlich schnell den richtigen Täter, müssen ihm dann aber aus dem ganzen Wirrwarr von gesammelten Beweisen die uns wichtigen Taten anhängen. Ist ein bisschen anders als bei der Polizeiarbeit. Mich interessiert aber im Augenblick wirklich, was der Bengel uns zu erzählen hat.«

Um kurz vor zwei kam die Mail: »Berlin, Kochhannstraße 17, Wohnung 0101, Erdgeschoss, der Wagen steht auf dem Hof.«

Friedrichshain, Berlin

Wir bezahlten unsere Rechnung im »Café Schönhauser« und fuhren in den Friedrichshain, die Danziger Straße runter, am vergammelnden, ehemaligen Sport- und Erholungszentrum des Ostens links ab in die Landsberger Allee, zweite Querstraße rechts in die Hausburgstraße. Schon von Weitem sahen wir das Blaulicht. Mila fuhr vor bis zur Absperrung der Feuerwehr und parkte den Wagen in zweiter Spur. Dank unserer Dienstausweise wurden wir problemlos durchgelassen. Als wir die Hofdurchfahrt durchquerten, sah ich links im Treppenhaus eine offenstehende Tür und war mir augenblicklich sicher, dass es die Tür von Wohnung 0101 war. So sicher, wie die Berliner Feuerwehr versuchte, auf dem Hof den brennenden Renault der Hagenbacks zu löschen. Es stand nur noch das versengte Stahlgerippe auf den Stahlfelgen, die Scheiben waren geplatzt und herausgefallen, die Sitze und der Innenraum verbrannt, aus dem Motorraum schlugen immer wieder Flammen, die von der Feuerwehr mit Schaumstößen erstickt wurden.

»War da jemand drin?« Der an der Schaumdüse stehende Feuerwehrmann schüttelte den Kopf. Wir traten durch die offene Tür in die Wohnung. Sie war völlig leer, keine Teppiche, keine Tapeten, keine Möbel bis auf einen Plastikhocker. Auf diesem hatte Timm vermutlich auf uns gewartet, bis er den falschen Leuten die Tür geöffnet hatte.

Ich machte Meldung.

»Der Bengel ist weg und der Transporter steht brennend auf dem Hof.« Krause war einen Augenblick sprachlos.

»Scheiße, verdammte Scheiße, jetzt wird's hässlich. Ich schicke sofort meine Spürhunde vorbei. Fahren Sie nach Eberswalde zurück, ich informiere Krause-M und veranlasse, dass die Eltern von Sozialarbeitern betreut werden. Sollte sich was Neues ergeben, melde ich mich.« Krause legte auf, mir war flau im Magen.

Landeskriminalamt, Eberswalde

Krause-M bat mich noch auf der Autobahn zu einem Vieraugengespräch.

»Okay, Andi, jetzt ist die Katze aus dem Sack. Ich weiß nicht so richtig, wie ich mit der Sache umgehen soll. Einerseits lassen sich Ermittlungen mit einem ›Großen Bruder‹ im Hintergrund sicher einfacher führen, wenn man nicht auf Termine in der Pathologie warten muss, wenn einem teure Computer und Kommunikationsmittel zur Verfügung stehen und der Dienstwagen Sitzheizung hat. Andererseits fühlt man sich immer ein wenig außen vor, ist sich nie sicher, ob man die volle Wahrheit auf dem Bildschirm hat oder nur die bereinigte Version 2.0.«

Ich konnte ihm nicht widersprechen, hatte ich selbst öfter erlebt, wie Informationen im gewünschten Sinn zu verwendbaren Wahrheiten geformt wurden.

»Ich will hier für meinen Berliner Dienstherren keine Lanze brechen, und ich kann Ihre Gefühle in diesem Moment durchaus verstehen. Ich kann mir aber vorstellen, dass uns der Gedanke, dass wir alle am selben Ende des Taus ziehen, weiterhelfen könnte. Das war jedenfalls in den vergangenen Jahren immer die Brücke für mein Gewissen, wenn ich Dinge tat, deren unmittelbare Richtigkeit sich mir nicht erschloss, und Sie dürfen mir glauben, da waren einige Dinge dabei, auf die ich lieber verzichtet hätte.«

Krause-M sah mich energisch an und erhob die Stimme.

»Darüber wollte ich auch noch mit Ihnen reden. Sie haben den Bäckermeister Hagenback sicherlich vor Schlimmerem bewahrt, aber solide Polizeiarbeit war das nicht. Das war ein ›Wildwestauftritt‹, wie ich ihn in meiner Abteilung so nicht dulde. Sie hätten mich bereits informieren müssen, als Sie die Absicht hatten, nach Friedrichswalde zu fahren. Dann hätten wir den Einsatz abgestimmt und mit dem SEK die Situation aus der Welt geschafft, ohne Menschenleben zu gefährden.«

Krause-M machte mit einer Geste, als wenn er den Rauch von der Laufmündung seines Colt pusten würde, klar, was er von meinem Vorgehen letzte Nacht hielt.

Zu jeder anderen Zeit hätte ich vielleicht Verständnis für ihn gezeigt. Die in mir bohrende Sorge um Timm Lampert ließ aber eine Antwort über meine Lippen kommen, die Krause-M und seine Kollegen so nicht verdient hatten.

»Verdammt noch mal, ich hatte die Lage jederzeit im Griff und war auf diese Art der Bedrohung vorbereitet, was schon die von mir mitgeführte Ausrüstung eindeutig beweist. Die einzigen Personen, deren Leben in diesem Fall gefährdet war, waren die beiden Angreifer, die waren aber Profis und haben blitzschnell ihre Situation richtig eingeschätzt und ihren Widerstand aufgegeben. Hätten sie anders gehandelt, wären sie jetzt tot, das war ihnen klar, das war mir klar, nur Sie wären von einem solchen Ausgang überrascht gewesen. Ich bin für die Lösung solcher Situationen ausgebildet und ich habe schon einige solcher Situationen erlebt und überlebt. Ich weiß, was ich tue, Herr Krause-Marciniak. Die Akteure in diesem Fall sind keine Amateure, die mal eben aus Eifersucht dem Nachbarn eine auf den Pelz brennen, da stecken professionelle Strukturen hinter. Krause weiß das, ich weiß das, nur Sie wehren sich dagegen, es zu wissen. Dabei hat Ihnen Ihr Intellekt schon bei den zufälligen Funden der gleichen Mehlmischung in den Haaren zugeschrien: ›Das ist eine große Nummer!‹. Nun zeigen Sie bitte, dass es keine zu große Nummer für Sie ist, Chef. Ich stehe auf unserer Seite.« Krause-M hatte die Sprache verloren, er lehnte sich in seinen unbequemen Clubsessel und sah mich mit starrem Blick an. »Gibt's noch was, Achim?« Ich duzte ihn das erste Mal. Obwohl die Kripoleute alle sehr vertraulich miteinander umgingen, hatte ich es bei Krause-M bisher immer vermieden. Er schüttelte den Kopf. »Morgen um acht hier.«

Die Überraschung kam kurz vor Mitternacht aus Berlin. Krauses Spürhunde hatten eine unglaubliche Entdeckung gemacht. Schräg gegenüber der Ecke Kochhannstraße/ Hausburgstraße, wo Timm von seinen Kidnappern freigelassen wurde, waren vor Jahren nach einer Einbruchserie vom Betreiber des »Alten Magerviehhof« auf einem historischen Klinkersteinturm mehrere Überwachungskameras installiert worden, um mögliche Einbrecher zu filmen. Diese Kameras hatten erstaunliche Aufnahmen gemacht. Kurz vor zwei hatte Timm unbehelligt und allein die Wohnung in der Kochhannstraße verlassen. Jedenfalls war er um 13.58 Uhr in die Hausburgstraße abgebogen und hatte sich in Richtung S-Bahnhof Landsberger Allee entfernt. Zwei Minuten später sah man, wie eine dunkle Qualmwolke aus dem Innenhof der Kochhannstraße 17 stieg. Timm war anscheinend nicht der nette Junge vom Birkenhof, für den ihn sein Chef hielt. Jedenfalls hatte er gerade vermutlich den Wagen seines Arbeitgebers in Brand gesteckt. Die Frage war nun: Wo war er untergetaucht? Die letzte Mail von Krause hatte einen Hinweis auf eine Drogenvergangenheit von Timm enthalten. Er war vor gut zwei Jahren in einer Drogenentzugseinrichtung des Deutschen Ordens gewesen, hatte diese Einrichtung jedoch nach nicht einmal vierundzwanzig Stunden wieder verlassen. Es war an der Zeit, den Ökobauern mal gehörig auf den Zahn zu fühlen.

Landeskriminalamt, Eberswalde

Krause-Ms Einsatzbesprechung war kurz und knapp. Er vermied es, mich vor den Kollegen zusammenzuscheißen. Überhaupt ging er nur sehr flüchtig auf meine

Cowboynummer in Friedrichswalde ein. Frank und Willi saßen mir gegenüber und ihre Mienen ließen deutlich erkennen, was sie von meiner Vorgehensweise letzte Nacht hielten, nämlich nichts. Sie berichteten über ihre Zusammenkunft mit den Beamten vom Finanzamt in Frankfurt/Oder. Sie hatten das Gefühl, als liefen sie dort gegen unsichtbare Wände, Überraschendes hatten sie jedenfalls nicht zu verkünden. Krause-M beendete die Zusammenkunft schnell und kommentarlos. Schon um kurz vor neun rollten Mila und ich vom Hof in Richtung Friedrichswalde. Es gab ein paar entscheidene Dinge mit den Lamperts zu klären. Anscheinend spielten Timms Eltern ein doppeltes Spiel mit uns.

Birkenhof, Schorfheide

»Kommen Sie endlich zur Sache, Frau Lampert. Sie wollen das Beste für Ihren Jungen, aber das erreichen Sie nicht, wenn Sie uns die Wahrheit verschweigen. Fakt ist, dass Timm vor zwei Jahren in einer Einrichtung des Deutschen Ordens einen Drogenentzug begonnnen, aber nach sehr kurzer Zeit wieder abgebrochen hat. Für uns ist jetzt interessant, wie die Geschichte weiterging. Ist er noch drauf? Was nimmt er heute? Wie kommt er an das Geld für seine Drogen? Begeht er Straftaten dafür? Ich kann Ihnen versichern, ich werde ihn finden und gnade ihm Gott, wenn er mich verarscht hat.« Energisch wandte ich mich der Tür zu.

»Warten Sie, Herr Witzler!«, begann Frau Lampert.

Mila war gleich sitzen geblieben, sie hatte meinen gespielten Abgang vorausgesehen.

»Es ging vor zweieinhalb Jahren los. Der Lehrer hat uns an einem Dienstagmorgen angerufen. Ich war wie vor den Kopf geschlagen, als er uns fragte, ob Timm mal wieder vorhabe, drei, vier Tage freizumachen, das Wetter würde ja geradezu danach schreien, ein bisschen im Freien zu chillen. Timm war doch jeden Morgen zum Bus gelaufen und kam immer am frühen Abend pünktlich zurück. Mein Mann ist völlig ausgerastet und hat ihn vom Bus abgeholt. Timm hat anfänglich alles geleugnet. Ja, er habe eben ein wenig geschwänzt, er wäre mit seinen Kumpels angeln gegangen, und andere würde auch mal einen oder auch zwei Tage aussetzen. Er würde ja immerhin noch ordentliche Zensuren bringen und wir sollten uns nicht gleich einscheißen! Bei diesem Wort sind meinem Mann alle Sicherungen durchgebrannt. Er hat ihm eine geknallt und seinen Rucksack auf dem Tisch ausgeschüttet. Da lagen dann verschiedene Zigarettenpapierblättchen, Filter, kleine Plastiktütchen mit Marihuana und eine Tüte mit einem braunen Pulver auf dem Tisch, und unser Leben war nicht mehr, wie es vorher war. Mein Mann hat Timm angeschrien und der hat zurückgeschrien, dass ihn dieser ganze Hof ankotze und dass er anders leben wolle, dass er nicht in der Bettwäsche seiner Eltern sterben möchte. Ein Wort gab das andere, irgendwann sind sie dann beide hier im Wohnzimmer eingeschlafen. Mein Mann hat am Morgen von Dr. Friedrich eine rückwirkende Krankschreibung besorgt und an die Schule geschickt. Ein Bekannter meiner Schwester hat Timm kurzfristig in dem Haus vom Deutschen Orden untergebracht. Ein Drogenscreening ergab, dass Marihuana nicht Timms wirkliches

Problem war, sondern eine körperliche Abhängigkeit von Heroin. Wir waren alle erleichtert, als wir Timm dort untergebracht hatten. Alle dachten wir, wir hätten den Teufel besiegt, bevor er sein Spiel begonnen hatte. Am nächsten Morgen rief uns der Einrichtungsleiter an und teilte uns mit, dass sich Timm in der Nacht entlassen hatte. Wir waren sehr erstaunt, dass ein sechszehnjähriger Bengel mit einem Heroinproblem das Recht hatte, sich selbst aus dem Drogenentzug zu entlassen. Wir mussten damals noch so manches über die neue Freiheit lernen. Im Osten hätten die den Jungen niemals rausgelassen, da hätten die Türen Schlösser gehabt. Egal, wir hatten keine Chance. Ganz in der Früh war Timm wieder da. Er lag friedlich auf seinem Bett, als wäre nie etwas gewesen. Meinen Mann habe ich nicht geweckt, ich hatte Angst, er würde Timm verdreschen. Ich habe dann versucht, Timm die Sachen auszuziehen und mit ihm zu reden. Er hat aber nur die Augen verdreht und war bewegungsunfähig, immer wieder klappten seine Augen nach oben, dass ich nur das Weiße sah. In dieser Nacht hatte ich das erste Mal Angst um meinen Timm, richtige Angst. Mein Mann kam rüber, er hatte mein Fehlen im Bett bemerkt. Es überraschte mich, wie ruhig er war. Er fuhr wortlos vom Hof und kam eine Stunde später mit einem kahlgeschorenen Mann in einer Mönchskutte zurück. Sie haben Timm auf dem Hof in einen alten VW-Transporter ohne Fenster gelegt. Der Junge war immer noch so high, dass er nicht mitbekam, was geschah. Mein Mann hat gewartet, bis der Transporter verschwunden war und kam dann rein.

›Jetzt können uns nur noch die Russen helfen!‹ Das waren seine Worte, dann ist er in den Stall gegangen und hat mit seinen Rindviechern geredet. Wenn Sie mehr darüber wissen wollen, müssen Sie mit meinem Mann reden. Soll ich ihn holen?«

Ich nickte ihr zu und sie verschwand im Flur. Man konnte hören, wie sie sich die Gummischuhe für den Stall überzog und dann den langen gepflasterten Bauernhausflur hinunterschlurfte. Sicherlich fragte sie sich jetzt, ob es richtig gewesen war, ihren Mann ins Spiel zu bringen.

Der Bauer hatte ein verkniffenes Gesicht. Er setzte sich auf die Holzbank in der Veranda und zog seine Gummistiefel aus. Zum Vorschein kamen uralte, dicke wollene Socken mit Flicken an den Hacken, sicherlich Erbstücke vom Timms Opa. Nachdem seine Füße in großen karierten Filzlatschen verschwunden waren, zog er sich ein Päckchen Tabak aus dem flachen Regal unter dem Fenster und drehte sich in aller Ruhe eine Zigarette.

»Haben Sie eine Ahnung, wo mein Junge ist?« Bauer Lampert zog an seiner Selbstgedrehten und sah mir ruhig ins Gesicht.

»Ich kenne seinen derzeitigen Aufenthaltsort nicht, aber ich glaube, dass er sich vermutlich im Augenblick auf freiem Fuß befindet. Die Leute, die ihn gekidnappt hatten, haben ihn gestern Mittag in Berlin freigelassen. Er hat dann den Ort der Freilassung selbst und allein verlassen. Wir haben eine Kameraaufzeichnung davon. Leider endet seine Spur an dieser Stelle. Fangen wir aber früher an. Ihre Frau hat uns von der Drogenvergangenheit Ihres Sohnes erzählt.«

Er drehte unwillig den Kopf in Richtung Küche, vermied es aber, Timms Mutter Vorwürfe zu machen, die im Türrahmen stand.

»Der Junge ist sauber, der nimmt nichts mehr und basta!« Er war aufgesprungen und wedelte erregt mit den Händen. »Er hat schon seit fast einem Jahr nichts mehr genommen, er hat die Lehre beim Hagenback. Er führt ein ganz normales Leben! Verschwinden Sie und suchen Sie meinen Sohn, verdammt noch mal.« Er zog erneut tief an seiner Zigarette und blies den Qualm gegen das Fenster. »Ich verstehe das alles nicht. Der Junge hat doch niemandem was getan. Er ist doch nur ein einfacher Bengel, andere haben auch schon mal gekifft, Bill Clinton, Joschka Fischer, einfach nur gekifft und ein bisschen die Schule geschwänzt. Ich weiß nicht, warum Sie hier so einen Aufstand machen.«

»Weil Timm vom Erdboden verschwunden ist, weil Leute Timm in ein Auto gezerrt und ihn erst in Berlin wieder rausgelassen haben. Weil ich glaube, Ihr Sohn hat ein zweites Leben, von dem Sie entweder nichts wissen, oder nichts wissen wollen, Herr Lampert.«

Mila schaltete sich in unser Gespräch ein.

»Herr Lampert, Ihre Frau hat uns berichtet, Sie hätten damals gesagt ›Jetzt können uns nur noch die Russen helfen!‹. Was haben Sie damit gemeint? Wer war der Mann mit dem Transporter, der Timm mitgenommen hat?«

»Du sollst die Klappe halten, du blöde Kuh!« Lampert brüllte in die offene Küchentür. »Und Sie hauen endlich ab, ich sage gar nichts mehr!« Er kickte die Latschen in

Richtung Schuhregal, stieg in die Gummistiefel und verschwand durch die Tür in Richtung Stall.

»Was soll denn jetzt werden?« Timms Mutter saß verheult am Küchentisch. Mila legte ihr die Hand auf die Schulter.

»Wir kommen wieder, im Augenblick hat es anscheinend keinen Sinn, mit Ihrem Mann zu reden. Wenn irgendwas passiert, rufen Sie uns bitte sofort an. Haben Sie Angst vor Ihrem Mann?« Die stämmige Frau schüttelte den Kopf.

Wir verließen den Birkenhof. Kurz bevor wir auf die L23 nach Joachimsthal abbogen, kam ich auf die Idee, zum »Speicher« zu fahren. Der »Gasthof am Speicher« ist bekannt für seine leckeren Forellen, und genau so eine Forelle wollte ich jetzt. Mila drehte den Tiguan und wir rauschten zurück. Vor einigen Jahren hatte ich mit Mona eine Fahrradtour zum »Speicher« gemacht, daher kannte ich einen befestigten Weg durch die Felder. Kurz bevor wir den Backbetrieb passierten, bog ein silberner VW Touareg auf die Straße. Er beschleunigte stark und drängte uns an die Seite. Ich konnte gerade noch die ersten Buchstaben des Kennzeichen erkennen B – SU 3…

»Konntest du jemanden erkennen?« Mila schüttelte den Kopf.

»Es saßen zwei Typen drin, mehr konnte ich nicht sehen, ging einfach zu schnell.« Einen Augenblick erlag ich der Versuchung, Mila drehen zu lassen und hinterherzujagen. Wir hatten aber weder einen glaubwürdigen Grund, den Wagen zu verfolgen, noch wollte ich mir Krauses Unwillen zuziehen. Klare Ansage aus Berlin war, den Backbetrieb in Ruhe zu lassen.

Nun gut, dann Forelle statt Teiglinge. Mila sah mich einen Augenblick fragend an, bevor sie wieder beschleunigte. Als wir am Ende der Straße nach rechts abbogen, konnte ich links Lamperts Traktor auf dem Feldweg in Richtung Krummer See fahren sehen.

Die Forelle war ein Gedicht, frisch gebraten mit Petersilienkartoffeln und kleinen Möhrchen, danach einen frisch gebackenen Apfelstrudel mit Vanilleeis. Die Sahne ließ ich weg, zu viel Kohlenhydrate. Mila entschied sich für Grillhaxe und bekam eine ordentliche Portion vorzügliches Schweinebein serviert. Zu Apfelstrudel konnte ich sie nicht überreden, aber eine Portion hausgemachter Roter Grütze als Dessert passte noch rein.

»Mila, Espresso?«

»Nee, Andi, nach der Völlerei brauche ich einen Schnaps!« Sie bestellte zwei »Linie Aquavit« für uns.

»Sag mal, Andi, der Timm muss doch Freunde oder Kumpels haben. Ich glaube, wir sollten bei seinem direkten Umfeld ansetzen, seinen Klassenkameraden, seinen Lehrern. Die Berufschule für die Bäckerinnung ist in Berlin. Wir schnappen uns als erstes den Lehrer. Wenn Timm wirklich so oft blau macht, wird der Lehrer froh sein, uns seine Leidensgeschichte erzählen zu dürfen. Ich mache uns gleich einen Termin.«

Zwanzig Minuten später waren wir mit knapp zweihundert auf der A11. Seit ich Mila unvorsichtigerweise davon erzählt hatte, dass mein Kennzeichen eine ordnungsstrafrechtliche Verfolgung von leichten Verkehrsvergehen verhinderte, fuhr diese Frau noch zügelloser.

Irgendwann würde mich Krause dafür sicherlich fürchterlich zusammenstauchen. Endlosen Fahrspaß gab's nun mal nicht umsonst.

Berufsbildungszentrum der Bäckerinnung, Berlin
»Guten Tag, Frau Levandowski, Herr Witzler, kommen Sie, wir gehen in meinen Vorbereitungsraum, in der Cafeteria ist der Kaffee lausig.« Frank Mehlmann, Timms Berufschullehrer, führte uns in ein geräumiges Zimmer. Unzählige Regale waren voller Unterrichtsmittel, Bücher, DVDs und Kisten. Auf dem Tisch in der Ecke stand ein Kaffeevollautomat, wie ihn Krause auch im Büro hatte. Mehlmann brachte die Brühmaschine in Gang und der freundliche »Schweizer Kaffeeprofi« zauberte uns drei leckere Latte Macchiato.

»Als Timm Lampert hier anfing, hatte ich die Hoffnung, endlich wieder einen Lehrling zu haben, für den der Bäckerberuf auch eine Berufung ist. Er war vom ersten Tag an voll dabei. Es war eine Freude zuzusehen, wie der Junge alle Informationen verschlang, aus Büchern zuarbeitete und mit seiner regen Mitarbeit den Unterricht förmlich aufmischte. Die Veränderung kam eher schleichend. Erst ließ seine Aufmerksamkeit nach, dann seine Pünktlichkeit, dann seine Leistungen, er schien öfter völlig abwesend. Nach fünfundzwanzig Jahren als Lehrer an dieser Schule ahnte ich von der ersten Minute an, dass es mit Drogen zusammenhängen musste. Ich kannte den melancholischen Blick und die Zurückgezogenheit meiner Kifferaspiranten. Timm war aber immer öfter vom einen auf den anderen Tag wie früher. Er war aufmerksam, entspannt, intelligent, philosophierte über seine Zukunft als Bäckermeister, machte charmante Avancen an die weiblichen Teilnehmer des Leistungskurses. Am nächsten Tag kam dann meist ein völlig depressiver, teilnahmsloser Timm zur Schule, der um die Mittagszeit immer unruhiger wurde und meist die Nachmittagseinheiten schwänzte. Dann kam er einfach ein paar Tage gar nicht. Ich hatte den Verdacht, dass neben THC noch etwas anderes im Spiel war und versuchte, Kontakt zu den Eltern aufzunehmen. Als der Krankenschein reinflatterte, habe ich nichts mehr unternommen. Timm blieb gut acht Wochen krank. Nach seiner Rückkehr war er ein anderer. Er nahm zwar wieder am Unterricht teil, erledigte alle Hausaufgaben, schrieb ordentliche Klausuren, seine Leidenschaft für das Bäckerhandwerk war aber wie erloschen. Ich kam auch nicht mehr an ihn heran. Er ging allen Einzelgesprächen aus dem Weg, er war nicht unfreundlich, er war eher einfach nicht mehr greifbar. Manchmal wirkte er überheblich, nicht verbal, eher durch sein selbstsicheres Auftreten. Er machte keine herablassenden Bemerkungen gegenüber Schülern oder Lehrpersonal, allein schon die von ihm bevorzugten sündhaft teuren Markenklamotten schafften eine spürbare Distanz. Seit dieser Zeit hatte ich den Verdacht, dass Timm nun ein ›trockener‹ Dealer ist. Ich kann das weder beweisen noch würde ich das irgendwo zu Protokoll geben. Es ist nur so ein Gefühl.« Der ergraute Mittfünfziger trank einen Schluck von seinem kalt gewordenen Milchkaffee.

»Denken Sie, er dealt hier an der Schule?« Mila sah den Lehrer freundlich an.

»Ich habe ihn dabei nie erwischt und auch die anderen Kollegen haben nie etwas erwähnt. Wissen Sie, wir hatten hier einige Kleindealer. Die meisten haben sich damit den Eigenbedarf verdient. Manche haben selbst mehr konsumiert als verkauft. Da gab's schon mal ein blaues Auge, einen fehlenden Zahn oder eine böse Beule auf der Stirn, wenn der Oberdealer sein Geld nicht pünktlich auf dem Tisch hatte oder die Fehlmenge bei der Abrechnung untolerierbar groß war. Diese ganzen Kleindealer sind nie auf einen grünen Zweig gekommen, die hätten das elterliche Geld für teure Klamotten eher verraucht und billige Ed-Hardy-Shirts von den Polentussen im Osten gekauft.« Mila lachte glucksend.

»Können Sie mir glauben, hab ich selber erlebt.«

»Ich glaub Ihnen ja, Herr Mehlmann.« Mila versuchte, wieder ernst zu sein, es fiel ihr aber sichtlich schwer.

Ich sah den irritierten Mehlmann mitfühlend an. »Sie ist selber eine ›Polentusse‹, und wenn Sie nicht durch den deutschen Beamtenapparat aufgefangen worden wäre, würde Sie heute höchstwahrscheinlich auch gerade billige Shirts verticken.«

Mila legte den Kopf schräg und fauchte mich an. Mehlmann war aus dem Konzept gebracht. »Entschuldigung, Frau Levandowski, ich wusste ja nicht, dass Sie Polin sind.«

»Eine Polentusse, Herr Mehlmann, eine Pooooolentusse! Also, sowas sagt man nun wirklich nicht.« Wir lachten beide so laut und herzlich, dass Mehlmann endlich sein ernstes Gesicht verlor und mitlachte.

»Was stand denn eigentlich damals auf dem Krankenschein?« Mila hatte einen Verdacht.

»Diabetisches Koma, also Zuckerschock.«

»Hab ich mir doch gedacht.« Mila nickte und sah mich an, als hätte sie für heute genug gehört. Ich dankte Mehlmann für die Zeit, die er für uns erübrigt hatte. »Nicht dafür, Herr Witzler, Sie können jederzeit anrufen, wenn Sie Fragen haben. Sie natürlich auch, Frau Levandowski, wenn Sie nicht gerade Shirts verkaufen müssen!« Lachend schüttelten wir uns die Hände.

Der anschließende Besuch bei Krause war banal. Er hatte einen neuen Dienstwagen für Krause-M besorgt, war sich aber nicht sicher, ob der die »materielle Unterstützung« nicht als »amtliche Bestechung« ablehnen würde. Wir versicherten ihm, dass ein Audi A6 Allroad ein guter Wagen für einen guten Mann wäre. Mila bekam den Auftrag, das Krause-M genau so zu verkaufen. Meine Hoffnung war, dass die ganze Nummer von Krause-M nicht als große Entschuldigungsgeste für meine Hagenbackaktion missverstanden wurde. Es gab aus meiner Sicht nichts, was eine Entschuldigung erfordert hätte.

»Timm Lampert hat Zucker. Ich hab es schon beim ersten Besuch gerochen.« Zweifelnd sah ich zu ihr rüber. Sie hob oberlehrerhaft den linken Zeigefinger und nahm dabei die Hand vom Lenkrad, was mir bei gut hundertfünfzig auf einer engen Landstraße sehr gewagt schien.

»Erinnerst du dich? Wir haben abends über Timms prächtige Bude gesprochen und deiner Meinung nach sollte er öfter lüften. In diesem Augenblick hatte ich einen Gedankenblitz, der so schnell vorbei war, wie er kam. Der Geruch von Azeton war mir aufgefallen, er entsteht bei Zuckerkranken, wenn aus Mangel an Insulin anstatt Glukose Fett verbrannt wird. Meine Tante Lena hatte Zucker, bei ihr roch es immer leicht nach Nagellackentferner. Wenn Timm Diabetiker ist, muss er versorgt werden. Er braucht täglich Insulin. Egal, wohin er verschwunden ist, er braucht die Rezepte für sein Insulin.«

»Fragen wir seinen Hausarzt, so viele wird es in Friedrichswalde ja nicht geben.«

»Selbst wenn wir auf Anhieb den Richtigen erwischen, wird er wegen ärztlicher Schweigepflicht keine Aussage machen können. Wir sollten die Apotheker der Umgebung befragen, die sind meist redseliger.«

»Die wollen ja meist auch was verkaufen! Bevor wir aber irgendjemanden fragen, brauche ich auch was gegen meinen sinkenden Blutzucker, fahre doch bitte da vorn mal auf die Tanke, ich hole mir ein paar Gummibären.«

»Das ist wirklich purer Zucker, das macht nicht nur fett, das ist auch noch schlecht für die Zähne!« Mila machte ein angeekeltes Gesicht.

»Die Dinger schmecken aber geil und sie machen ruhig und glücklich. Manche Medikamente haben nun mal Nebenwirkungen, Mila.« Schon war ich aus dem Auto.

In einer Zehdenicker Apotheke wurden wir fündig und Timms Vater, oh Wunder, hatte gerade gestern eine frische Großpackung Insulin bestellt. Da schien uns jemand gehörig zu verarschen.

Birkenhof, Schorfheide
Kurz nach fünf Uhr morgens bezog ich meinen Beobachtungsposten in einem kleinen Waldstück gegenüber vom Birkenhof in Friedrichswalde. Ich musste nicht lange warten. Um halb sechs ging das Licht in der Küche an und Bauer Lampert fuhr kurz nach sechs noch im Dunkeln vom Hof. Er bog an der Gabelung nach links in Richtung Krummer See ab und ließ seinen Ackerschlepper im Schnellgang losziehen. Ich startete den Tiguan und versuchte, aus dem Waldstück heraus zu manövrieren, ohne das Licht einzuschalten. In einer engen Biegung rutschte der Wagen vom festen Untergrund des Weges und fuhr sich im nassen Boden fest. Mein Versuch, noch schnellen Schrittes dranzubleiben, war vergeblich. Letztlich brachte meine morgendliche Aktion nichts als die Gewissheit, dass Lampert ein Frühaufsteher war, wie alle fleißigen Bauern. Nach unzähligen Versuchen bekam ich den Wagen endlich frei. Er war voller Schlamm und Matsch.

Am nächsten Morgen war ich besser vorbereitet. Am alten Beobachtungsplatz war jetzt eine GSM-Kamera installiert, die mir alle drei Sekunden ein Bild der Hofeinfahrt auf mein iPhone sendete. Der Tiguan stand hinter einer Baumgruppe, direkt zwischen dem Krummen See und dem Großen Präßnicksee. Ich lag etwa dreißig Meter davon entfernt hinter einer kräftigen Birke auf meiner Thermomatte. Pünktlich um kurz nach sechs rauschte der Ackerschlepper heran und bog zu meiner Überraschung nach rechts ab in Richtung der kleinen Landzunge des Großen Präßnicksees. Ich setzte ihm zu Fuß nach, um zu vermeiden, dass Lampert mein Auto entdecken würde, wenn er wendete. Er wendete aber nicht. Das Motorengeräusch des Treckers verstummte. Leise schlich ich mich heran und konnte sehen, wie Bauer Lampert eine große Reisetasche in ein Ruderboot wuchtete. Zeit zu handeln.

»Hallo, Herr Lampert! Na, geht's raus zum Fischen?« Der Bauer fuhr herum, in der linken Hand hielt er eine große Maglite-Stablampe, die mir ihren fiesen Lichtstrahl genau in die Augen sendete.

»Was wollen Sie, Witzler?« Seine Stimme knurrte bedrohlich.

»Ich wollte fragen, wie es Timm geht, ob das Insulin reicht und ob die Nächte nicht zu kalt sind, da draußen auf der Insel. Kommen Sie, Herr Lampert, das Geheimnis ist doch keins mehr. Ihr Junge lebt, das muss doch für Sie als Vater das Wichtigste sein. Damit das aber auch weiter so bleibt, brauchen Sie meine Hilfe, glauben Sie mir.« Die Lampe wippte hin und her, ich spannte meine Muskeln an, bereit, den wütenden Angriff des Bauern abzuwehren. Der hatte die Situation aber richtig erkannt und gab auf.

»Was passiert jetzt mit Timm?« Lampert senkte die Taschenlampe und langsam konnte ich wieder Umrisse erkennen. Er lehnte sich an einen Baumstamm, in seinem Gesicht spiegelte sich die blanke Ratlosigkeit wider.

»Timm wird die Konsequenzen für sein Handeln tragen müssen. Das wird sicher unangenehm sein, aber da muss er durch. Ich glaube, er ist da in etwas hineingeraten, was drei Nummern zu groß für ihn ist. Steigt er da nicht sofort aus und schlägt sich auf unsere Seite, wird er das Spiel nicht überleben, so viel steht fest, Herr Lampert!«

Wir machten uns auf dem Weg zur Insel. Der Alte überließ mir das Rudern und saß eine Zeit lang still auf der Heckbank, dann räusperte er sich.

»Sie werden ja sowieso alles erfahren, da kann ich Ihnen die Geschichte auch erzählen. Als Timm damals den Entzug abgebrochen hat, war ich völlig hilflos und wusste mir keinen Ausweg mehr. Mein Vater hat mir vor Jahren von einer Gruppe russischer Mönche berichtet, die auf einem abgelegenen Bauernhof drogenkranke, russische Soldaten therapierten. Harter, kalter Entzug, bis an die Grenze der Erträglichkeit. Zuerst habe ich ihm die Geschichte nicht geglaubt. Aus Verzweiflung bin ich dann doch rüber nach Götschendorf gefahren, ich hatte keine andere Wahl. Am Tor empfing mich ein gebrochen deutsch sprechender Mönch. Ich erzählte ihm von meinem Sohn und seinen Problemen. Als ich den Namen meines Vater ins Spiel brachte, änderte er, aus welchem Grund auch immer, seine anfänglich ablehnende Haltung. Er holte einen alten VW-Bus aus dem verfallenen Nebengebäude und wies mich an, vorauszufahren. Wir haben Timm eingeladen. Er hat ihn mitgenommen und uns verboten, irgendwelche Fragen zu stellen oder ihn zu besuchen. Timm kam nach acht Wochen allein zurück. Er war clean, aber ein anderer geworden. Er hatte den Hof als Junge verlassen und kehrte als Mann zurück. Sein ganzes Handeln war plötzlich so ruhig und überlegt, als hätte er die Pubertät schlagartig abgelegt. Oft wirkte er irgendwie abgebrüht. Er sagte uns nicht mehr, wohin er ging und wann er zurückkommen würde. Manchmal verschwand er Freitagnachmittag und tauchte erst Sonntag in der Nacht wieder auf. Wir haben ihn nicht mehr mit Fragen bedrängt, wir waren einfach nur froh, dass er von diesem Dreckszeug weg war.«

Ein herbstlicher Nordost zog über den See und ich dankte meiner Voraussicht, die warme Thermowäsche untergezogen zu haben. Dem Bauer schien der Wind völlig egal zu sein. Er saß auf der Heckbank in seinem blauen Arbeitsanzug. In Gedanken versunken blickte er auf die gekräuselte Wasseroberfläche. Der Wind forderte von mir einen kräftigen Ruderschlag.

»Hat Timm nie etwas über die Zeit bei den Mönchen erzählt?«

Der Bauer blickte überrascht auf, anscheinend hatte ich ihn bei einem Tagtraum erwischt. Er schüttelte den Kopf. »Nein, er hat nie drüber geredet, meinte nur, dass es schlimmer war, als ich es mir vorstellen könnte. Ich habe ihn danach nicht mehr gefragt. Hoffentlich dreht er nicht durch, wenn ich jetzt mit Ihnen da ankomme. Vielleicht sollten wir doch besser umkehren.«

»Herr Lampert, wir rudern jetzt da hin und aus! Timm hat ein Leben, von dem Sie nichts wissen. Ein Leben, dass ihn in Gefahr bringt. Er macht mit irgendwas Geld, viel Geld. Er trägt teure Markenklamotten, besitzt eine teure Uhr, die ich mir von meinem Beamtengehalt nicht unter den Weihnachtsbaum legen kann. Nehmen Sie es mir nicht übel, aber Sie machen auf mich auch nicht den Eindruck, als würde Ihnen das Geld bündelweise aus den Hosentaschen wachsen, Herr Lampert. Verdammt, interessiert es Sie denn gar nicht, was Timm treibt, wenn er das Haus verlässt? Diesmal ist er in Berlin von seinen

Kidnappern wieder ausgesetzt worden, aber wer sagt denn, dass er das nächste Mal nicht in irgendeinem See schwimmt oder im Trog vom Schiffshebewerk.« Der Alte zuckte zusammen.

Zwanzig Minuten später lief mir von der Ruderei der Schweiß den Rücken runter und hinterließ einen feuchten Fleck in meiner Hose. Der heulende Wind ließ die Stelle augenblicklich eiskalt werden.

»Haben Sie ein Zeichen vereinbart?«

Lampert riss die große Maglite Taschenlampe hoch und fegte einen Morsecode in Richtung Insel. Dreimal kurz, dreimal lang, dreimal kurz, der internationale Code für SOS, eine bessere Parole hätten sie nicht wählen können. Aber wahrscheinlich kannten sie keine andere Morsekombination. Von der Insel kam ein dreifaches Blinken zurück. Save, sicher!

Als wir auf dem sanften Ufer der Insel aufsetzten und Timm Lampert mich im Boot seines Vaters sah, war es mit der Romantik der morgendlichen Seefahrt zu Ende.

»Was will der hier? Sag ihm, er soll sofort abhauen. Los, sag's ihm.« Er sah seinem Vater wutentbrannt ins Gesicht.

Ich zog die schwere Reisetasche aus dem Boot und brachte sie an Land. Als ich mich umdrehte, um den kleinen Koffer mit dem Insulin zu holen, sprang der Junge auf mich zu. Er riss an mir herum mit einer Energie, die ich dem dürren Bengel gar nicht zugetraut hätte.

»Hauen Sie endlich ab. Das geht Sie nichts an! Verschwinden Sie!«

Ich wählte die harte Tour. Die hatte ihn ja augenscheinlich auch von seiner Sucht geheilt. Mit beiden Armen zuckte ich so plötzlich nach unten, dass er mit abwärts gerissen wurde. Er kam ins Stolpern, musste seine Hände lösen und fiel ins flache Wasser. Ich griff ihm blitzschnell in den Kragen seiner derben Winterjacke und schliff ihn mit Gewalt über das steinige Ufer, bis die harten Schilfröhren in sein Gesicht fetzten. Auf dem kargen Grasboden drehte ich ihn ruckartig um. Ich sah ihm kalt in die Augen, ließ etwa zehn Sekunden verstreichen, stand dann auf.

»Timm, ich bin kein Bulle, wie du ihn kennst, greif mich nie wieder an. Ich stehe im Augenblick auf eurer Seite, weil ich glaube, dass du noch nicht so tief in der Scheiße sitzt, dass du da nicht mehr rauskommst. Sollte sich das aber ändern und du plötzlich auf der anderen Seite stehen, war das hier ein kleiner Vorgeschmack von dem, was dir dann blüht. Ich erwarte, dass du auspackst, alles, das komplette Programm. Es ist vorbei mit den dicken Scheinen, den teuren Möbeln und die Uhr wird sicherlich auch eingezogen, aber du wirst überleben und du wirst die Möglichkeit haben, nach allen Konsequenzen, die dich erwarten, ein neues Leben zu beginnen.«

Der Junge lag auf dem Boden und zitterte vor Kälte. Der Vater stand abseits und starrte auf den See hinaus. Hatten die beiden überhaupt irgendeinen Plan, wie es mit ihnen weitergehen sollte?

»Hast du ein Zelt hier?« Timm schüttelte den Kopf.

»Wir haben eine Erdhöhle gebaut.« Er stand auf und zeigte in Richtung Inselmitte.

»Geh mal vor.«

Die große Reisetasche in der einen, den Insulinkoffer in der anderen Hand, folgte ich ihm ins dichte Unterholz.

Timm hatte mit seinem Vater ein solides Erdloch ausgehoben. Die tiefe Kuhle war mit einer dicken Teichfolie gegen Erdfeuchte geschützt. In einer Ecke war eine Vertiefung für den Ablauf von Kondenswasser. Über die Erdhöhle war ein großer abgebrochener Ast gelegt, der mit seinen unzähligen Verzweigungen eine solide Basis für eine große wasserdichte Tarnplane als Dach bildete, das wiederum mit Laub und kleinen Ästen gegen Sicht geschützt war. Ich hätte die Höhle nicht besser gebaut. Timm hob einen Zipfel der Plane und wir verschwanden im Inneren. Auf dem Boden waren Holzgitter ausgelegt. Darauf stand ein Feldbett mit Expeditionsschlafsack. Ein Campingtisch mit Hocker und ein Faltschrank waren die einzigen Möbel. Am Tisch stand ein Gasheizer mit einer großen Gaskartusche. Auf dem Tisch stand eine Altarkerze in einem roten Glasbehälter, um in der Nacht den Lichtschein zu dämpfen. Alles in allem eine solide Unterkunft, die es dem Jungen jetzt im späten Herbst ermöglichte, im Freien zu überleben. Zweifellos hatte hier jemand Erfahrung damit.

Timms Vater war uns gefolgt und stapelte frische Gaskartuschen neben die große Kühltasche.

»Ich war bei den Mot.-Schützen in Eggesin. Wir mussten beim Manöver oft draußen übernachten, da lernt man sehr schnell, sich ein solides Nachtlager zu schaffen. Eine windgeschützte Erdhöhle ist da tausendmal besser als ein zugiges Zelt.« Er stellte den Topf mit Wasser auf den Gaskocher.

»Ich mache uns einen Tee gegen die verdammte Kälte.«

Der Tee war diesmal leider ohne die gehörige Portion Rum, die ich dank Gersts zu schätzen gelernt hatte.

»Timm, woher kommt das ganze Geld? Wer sind die Leute, mit denen du Geschäfte machst? Ich will die ganze Wahrheit.«

Timm schüttelte den Kopf. »Das geht nicht, Herr Witzler, wenn man mich auch nur in der Nähe des Polizeireviers oder in Ihrem Wagen sieht, bin ich tot, kein Scherz. Meine einzige Chance ist, hier abzuwarten, was passiert. Ich bin bereit, mit Ihnen zu reden, über alles, aber nicht jetzt und nicht hier. Ich kann nicht, Herr Witzler.« Der Junge machte ein ernstes Gesicht. Er schätzte seine Situation richtig ein, sah dabei aber nur seine Seite der Medaille.

»Timm, ich habe keine Zeit. Wir haben bis jetzt vier Tote. Hier bekämpfen sich professionelle, vermutlich russische Banden. Dein Chef, der Hagenback, hat die Gewaltbereitschaft dieser Leute zu spüren bekommen. Ich werde nicht zulassen, dass hier unschuldige Bürger zu Opfern dieser Gewalt werden. Ich war in Afghanistan und habe gesehen, wie sich Gesetzlosigkeit auf das Leben der einfachen Menschen auswirkt, und verdammt noch mal, ich werde dafür sorgen, dass so was hier nicht mal ansatzweise Realität wird.«

»Tun Sie, was Sie tun müssen, Herr Witzler, aber ich bewege mich hier nicht weg.« Er saß stocksteif auf seinem Feldbett. Bauer Lampert hatte seinen Tabak auf den kleinen Tisch gelegt und drehte sich in aller Ruhe eine Zigarette.

»Ich gehe mal eine rauchen.« Er hob den Zipfel der Plane und steckte den Kopf raus. Es gab ein kurzes reißendes Geräusch, dann fiel der Bauer in die Höhle zurück.

Seine Mütze war auf der Oberseite aufgerissen, über seinen Schädel zog sich eine blutende Furche. Ich warf mich auf Timm, wir gingen beide zu Boden.

»Scharfschütze! Bleib unten, kümmere dich um deinen Vater. Ich versuche, hinten rauszukommen.« Der Schütze kannte die Lage der Erdhöhle. Ich musste ihn überraschen, wenn wir eine Chance haben wollten. Mit Bauer Lamperts Feldspaten grub ich in rasender Eile eine schmale Rinne, die von der Höhle weg zu einen Busch führte, der mir einen spärlichen Sichtschutz bot. Dann zog ich meine Wollmütze über den Stiel des Feldspaten und schob die Attrappe langsam hoch in den Busch. Entweder hatte der Schütze den Bluff bemerkt oder er hatte keine Sicht, das würde sich gleich herausstellen. Vorsichtig schob ich das schwere Steiner-Nachtglas über die schützende Rinne. Auf der östlichen Seite der Insel waren Ruderschläge zu vernehmen, schemenhaft konnte man ein Schlauchboot sehen. Der Mann im Heck paddelte, der Mann im Bug beobachtete durch die Optik seines Scharfschützengewehrs die Insel. Jetzt war Eile geboten. Wenn sie eine Zweimanneinheit, Schütze und Beobachter, waren, wie ich vermutete, hatten sie eine militärische Kampfausbildung und stellten für uns eine zwingend tödliche Gefahr dar, wenn sie die Insel erreichten.

Leise zog ich die Glock19 aus meinem Holster. Dank der Weitsicht österreichischer Waffeningenieure brauchte ich keinen Sicherungshebel umlegen, was ein Klicken verursacht hätte. Die Sicherung der Glock19 war im Abzug untergebracht und konnte lautlos bedient werden. In schneller Schussfolge gab ich drei Doubletten auf das

Schlauchboot ab. Ein Geschoss traf auf ein Metallteil und ließ einen Querschläger jaulend davon schwirren. Das Mündungsfeuer der Pistole hatte nicht nur meine Nachtsichtfähigkeit zerstört. Anscheinend nutzte der Schütze eine leistungsstarke Infrarotsichtanlage, das grelle Licht der Schüsse war direkt in seinen Sehnerv gefahren. Ich konnte seinen Aufschrei hören. Vielleicht hatte ihn aber auch eines meiner Projektile verletzt. Sekunden später summte ein starker Elektroaußenborder auf und das Boot flog förmlich über das Wasser dem östlichen Ufer zu, die unmittelbare Gefahr schien erst einmal gebannt.

In der Höhle lag Timms Vater auf dem Feldbett. Der Junge bemühte sich, die Blutung am Kopf mit einem Kissen zu stoppen. Die Augen des Bauern blickten starr nach oben, ein gelegentliches Blinzeln verriet, dass er noch am Leben war, aber unter Schock stand. Jetzt musste es schnell gehen.

»Timm, habt ihr einen Verbandskasten hier?« Der Junge wies in die Ecke mit der Kühlbox.

»Wickel ihn in die Goldfolie ein. Wir müssen verhindern; dass er unterkühlt. Ich hole Hilfe.« Vorsichtig robbte ich die Rinne zurück und vergewisserte mich mit dem Steiner, dass nicht noch mehr Schützen draußen auf uns warteten. Jetzt mussten uns Krause und sein professionelles Netzwerk helfen.

»Witzler hier, ich brauche unbedingt eine Sofortabholung von der Insel Präßnick auf dem großen Präßnicksee. Drei Personen, ein Zivilist mit Schussverletzung am Kopf, medizinisches Notfallpaket und weiterführende sichere Unterbringung von zwei Zivilisten notwendig!«

Krause atmete tief durch, ich hörte seine Finger auf der Computertastatur klappern.

»Ich schicke Ihnen zwei medizinisch ausgebildete Leute vom Personenschutzteam der Kanzlerin in Hohenwalde. Habe eben Ihren Sender auf das GPS der Wachgruppe des Merkel-Bungalows rübergeschaltet, kann aber eine gute halbe Stunde dauern. Die Kollegen müssen erstmal ein Boot besorgen. Liegen Sie im Augenblick unter Beschuss?«

»Negativ, vermutlich war es nur eine Zweimanneinheit in einem Schlauchboot. Nach meiner Abwehr haben Sie sich ans Ostufer zurückgezogen. Es kann aber sein, dass Sie dort ein Unterstützungsteam haben. Ich habe selber nur eine Glock19 mit knapp dreißig Schuss dabei. Wenn die zurückkommen, wird's eng!«

»Ich lasse sofort in Hohenwalde eine Vorabgruppe als Feuerschutz starten. Ankunft in zehn Minuten. Melden Sie sich, wenn sich die Lage ändert. Over und aus!«

Krause hielt Wort, zehn Minuten später hörte ich den schweren Achtzylinder-Diesel eines Porsche Cayenne auf dem Ahlimbswalder Weg brüllen. Die Personenschützer fuhren bis runter ans Ufer.

»Weinert hier, gehen Sie sofort in Sichtschutz!« Einen Augenblick später stieg eine Leuchtrakete in den Himmel und schaffte über dem See ein fast taghelles Gefechtsfeldlicht. »Wir sichern mit einer Drohne, bleiben Sie unten.«

Ich hatte schon davon gehört, dass einzelne Fahrzeuge der Personenschutzgruppe mit leichten Minidrohnen ausgerüstet waren. Die Fluggeräte waren in ihrem Einsatzkoffer an die Stromversorgung des Fahrzeugs angeschlossen und somit sofort einsatzbereit. In wenigen Sekunden gestartet, lieferten sie Dank ihrer HD-Kamera mit Nachtsichtmodus und automatischer 3D-Steuerung sofort gestochen scharfe Bilder.

»Wir haben sie! Ein Zweimannteam in einem Touareg. Sie sind eben auf die Landstraße nach Joachimsthal gebogen und drehen jetzt mächtig auf. Die Drohne wird sie gleich verlieren. Diese Beobachterdrohnen sind nicht für Fahrzeugverfolgungen geeignet. Wir geben aber sofort die Fahndungsdaten weiter. Es ist uns leider untersagt, den Wagen zu verfolgen. Ihre Sicherheit ist unsere erste Priorität. Wie ist der Zustand Ihres Verwundeten?« Die Professionalität der Jungs war nach der Hektik der letzten Minuten ausgesprochen wohltuend.

»Die Wunde ist notversorgt, Atem und Herzschlag sind schwach, aber okay. Er hat einen schweren Schock, starkes Zittern und ist nicht ansprechbar.«

»Die Kollegen sind in zwanzig Minuten hier. Sie haben eben das Schlauchboot der Feuerwehr Ringenwalde aufgeladen und sind auf dem Weg zum Westufer. Wir fahren rüber ans Ostufer und untersuchen die Anlegestelle des gegnerischen Schlauchboots. Wenn Sie irgendwas bemerken, melden Sie sich bitte umgehend. Ende.«

Chaussestraße, Berlin

»Ich habe Krause-M darüber unterrichtet, dass Sie in Berlin zu tun haben. Er hat geknurrt, anscheinend machen Sie da einen anständigen Job.« Krause schmunzelte und sah mit seiner abgetragenen Strickjacke aus wie ein kleiner Opa. Vielleicht war er das ja auch, ich wusste eigentlich nichts über sein Privatleben. Er hingegen kannte mit Sicherheit jedes Detail von meinem.

Die Beamten vom Personenschutz hatten uns von der Insel geholt und nach Berlin gebracht. Timm und sein Vater befanden sich in einem abgetrennten Bereich der Berliner Charité, der rund um die Uhr bewacht wurde. Ich saß seit sechs Stunden in Krauses Büro am Laptop. Bei der Auswertung der Drohnendaten stellte sich raus, dass das Kennzeichen des Touareg zwei Wochen zuvor in Cottbus gestohlen wurde. Trotz der gestochen scharfen Aufnahmen der Nachtsichtkamera konnten wir die Angreifer nicht identifizieren, da sie Masken trugen. Es war davon auszugehen, dass der Wagen mit neuen, vermutlich polnischen Nummernschildern die Grenze passiert hatte. Krause entschied sich, die polnischen Behörden nicht zu unterrichten, um die Geschichte erst einmal zu deckeln.

»Unser Vertrauensarzt hat eben angerufen. Der alte Lampert ist über den Berg. Sie haben die Schusswunde genäht und ihn mit Medikamenten stabilisiert. Wir bringen die beiden Lamperts so bald wie möglich in unser sicheres Haus am Stiersee. Ich will sie so schnell es geht aus der Charité haben. Erstens ist mir da viel zu viel Publikum, zweitens wird es langsam Zeit für ein paar Antworten von Timm Lampert. Witzler, hören Sie mir eigentlich zu?« Krause trat mit seinem Espresso Dopio an meinen Schreibtisch. Ich starrte auf den Bildschirm und meine Seele wollte auf der Stelle raus nach Joachimsthal in mein Haus, an mein Feuer, an meinen Kamin.

»Witzler?« Krause schielte mich durch seine Billigbrille an. Er war der lebende Beweis dafür, dass es »Nerds« schon in den Achtzigern gab. Nur musste man zu dieser Zeit keine sechshundert Euro für eine schwarze Kunststoffbrille hinlegen, die gab's zu der Zeit für Umme von der AOK, oder in Krauses Fall von der Beamtenkrankenkasse. Mein Chefnerd nahm mich durch sein Kassengestell ins Visier.

»Was halten Sie von dem sicheren Haus in Pinnow, Witzler?«

»Vielleicht zu dicht dran, Chef? Ich meine Luftlinie fünfunddreißig Kilometer, das kann man laufen. Ich weiß nicht, ob wir Timm Lampert trauen können.«

»Wir werden eine Sicherungseinheit von drei Leuten vor Ort haben und eine bewegliche Überwachungszone mit zwei Patrouillenfahrzeugen einrichten. Als zusätzliche Kräfte plane ich Sie und Mila vor Ort.« Krause stand am Fenster und sah hinaus in den grauen Spätherbstabend. Ein Jet von AirBerlin drehte in den Landeanflug nach Tegel.

»Ich hoffe, der Bengel hat nach dem Überfall auf der Insel soviel Schiss, dass er sich nicht mal mehr traut, alleine pissen zu gehen.« Krause setzte sich in seinen abgewetzten Schreibtischsessel.

»Da bin ich eher skeptisch. Timm Lampert hat bei russischen Mönchen einen kalten Entzug von Heroin gemacht. Ich kenne keine Details, aber ich glaube, der Bengel hat dem Tod ein paar Mal ins Gesicht gesehen.«

Krause ließ mich abends nach Joachimsthal fahren, wofür ich ihm ehrlich dankbar war. Die Dichte des Lebens in Berlin zerrte an meinen Nerven. Stoßstange an Stoßstange schob sich der Feierabendverkehr die völlig verstopfte Prenzlauer Allee runter. Das Inforadio brachte die aktuellen Verkehrsmeldungen, ein Unfall am Kreuz Schwanebeck hatte einen Stau von sechs Kilometern zusammengeschoben, mein Navi wechselte sofort auf die längere Strecke über die Landstraßen und ich wechselte zu Klassikradio, um die »Schleichzeit« für einen Streifzug durch die Welt der Bläser und Streicher zu nutzen. Auf der Höhe vom Finowkanal brummte eine WhatsApp-Nachricht auf meinem Bildschirm: »Mila hat ein Bild gesendet.« Ich drückte auf die App und das Display offenbarte mir eine Schüssel feinster Nudeln mit Pesto, meine Schüssel, in meiner Küche.

»Hab uns was schönes gekocht … Schatzi! :-)«

Es war eben von großem Vorteil, seiner Kollegin einen Schlüssel zum eigenen Heim zu überlassen, ein überaus leckerer Vorteil. Eigentlich hatte ich Mila den Schlüssel gegeben, weil wir mittlerweile einen nicht unwesentlichen Teil der Ermittlungen von Joachimsthal aus koordinierten, da es so einfach bequemer war. Milas Kochtalent und ihre Begeisterung für mein Induktionskochfeld waren eine sehr angenehme Begleiterscheinung. Der Drehzahlmesser des Tiguan schnellte nach oben und ich jagte den köstlichen Spaghetti entgegen.

Die Nudeln waren eine Delikatesse, der Rotwein dazu sogar ein echter Uckermärker. Ein »Regent in der Uckermark« aus Annenwalde bei Templin. Die Uckermark hatte seit 2003 wieder einen eigenen Wein. Es gab nicht mehr als knapp Tausend Flaschen im Jahr und jede war ein begehrter Schluck Brandenburg. Die meisten dieser Flaschen wanderten in die Regionalläden. Wenn man ausgesprochenes Glück oder unverschämt gute Beziehungen hatte, konnte man sich glücklich schätzen, einen Tropfen »Blut der Uckermark« zu ergattern und die Kehle runterrieseln zu lassen. Lorchen Gerst hatte mir die Flasche irgendwann mal zugesteckt und heute war der richtige Tag für solch einen Tropfen.

Draußen war der Wind mächtig aufgefrischt und der eiskalte Regen lief in dicken Schlieren an den Fenstern runter. Im Autoradio hatten sie eine Sturmwarnung für Hamburg und Bremen gebracht. Die Boten dieses Sturms zerrten schon an meinen Fensterläden. Im Kamin loderten die hellen Flammen aus dem knacktrocknen Eichenholz. Mila zauberte eine Champagner-Limettencreme als Nachtisch und meine kleine, feine Bose-Anlage berieselte uns mit Louis Amstrong. Meine Köchin stieg kurz nach elf ins Auto.

»Danke für das leckere Essen und einen guten Heimweg.«

»Bis morgen um acht, Andi, danke für den schönen Abend.«

Der Abend hätte noch viel schöner werden können, wenn sie geblieben wäre. Andererseits war es wahrscheinlich wirklich besser, wenn man sich das Bett nicht mit einer Kollegin teilte.

Landeskriminalamt, Eberswalde
Die morgendliche Teamsitzung hatte nur ein Thema. Krause-M wollte die finanziellen Hintergründe der

ominösen Backfrabrik ausleuchten. Was sich aber als schier unlösbares Problem erwies. Krause-Ms »Finanzkommando« saß mit hängenden Ohren am Tisch. Die begnadeten Ermittler waren im Finanzamt Frankfurt/Oder wieder nicht gegen die aufgetürmte Mauer aus Schweigen angekommen. Alle Anfragen oder Bemühungen liefen zäh, Termine wurden immer wieder verschoben, Mitarbeiter wurden über Nacht krank oder hatten urplötzlich im alten Bundesgebiet zu tun. Es war eindeutig, dass man hier kein Interesse an einer Zusammenarbeit hatte. Vielleicht wollte man sich nicht in die Karten sehen lassen, oder die Haie der Finanzaufsicht hatten selber eine Jagd am laufen. Es bestand allerdings auch die Möglichkeit, dass man sich einen treuen Steuerzahler halten wollte, eine, in einer so abgewirtschafteten Gegend wie dem Nordosten Deutschlands, durchaus plausible Erklärung. Krause-M hatte mehrfach bei der Staatsanwaltschaft seinen Unmut geäußert. Die hohen Herren hatten aber außer ein paar beschwichtigenden Sätzen bisher nichts beizutragen. So arbeiteten sich Frank und Willi durch die endlosen Bilanzen der Gesellschaft. Diese Bilanzen waren die einzigen Veröffentlichungen, die für die beiden Ermittler aufgrund der Veröffentlichungspflicht für Kapitalgesellschaften in Deutschland überhaupt einzusehen waren und ihnen wenigstens Zahlenmaterial zur Verfügung stellte. Ich hatte Krause zu diesem Thema befragt, aber auch die interne Cloud des Dienstes hatte zum Thema Geldfluss bisher eine gähnende Leere. Entweder wollte Krause seine Erkenntnisse nicht teilen, oder er stand ebenso mit leeren Händen da wie wir. Mila und ich verbrachten den Nachmittag mit der erfolglosen Beschattung der Backfabrik. Bis auf eine handvoll Mehltransporter hatte niemand das Gelände betreten oder verlassen.

Joachimsthal, Schorfheide

Mein Handy vibrierte auf dem Nachttisch. Es war Heinrich Gerst um kurz nach fünf.

»Andi, beim Netto liegt 'ne Leiche!«

»Vor'm roten Netto oder vor'm Hundenetto?«

»Zwischen dem roten und der BHG am Zaun, wo die Weihnachtsbäume stehen. Mein Köter hat se uffgestöbert. Glatter Schuss in die Birne. Vorne kleener Punkt, hinten fehlt der halbe Kopp.«

»Heinrich, geh bitte nicht so dicht ran. Krause-M macht einen riesigen Aufstand, wenn du die Spuren ruinierst.«

»Der Krause-M kann mir mal am Arsch lecken. Mein bekloppter Köter muss den Doten schon vorne anne Straße jewittert ham. Der is los wie 'ne Rakete. Bis ick die Leine wieder inne Hand hatte, hat der schon Hirn jeschlabbert. Wenn der olle Krause-M 'nen Problem damit hat, soll er sich mit meinen Köter auseinandersetzen, daruff steht er ja, wie Bernd der Buntmetaller mir erzählt hat.« Heinrich glückste vor Lachen. »Kommste jetze, mir is kalt anne Eier. Wenn de 'ne Pulle Schnaps findest, Rum, Brandy oder 'nen Obstler, bring mit, Andi, mir kriecht die Kälte die Hosenbeene hoch. Jib Gas!«

Ich setzte eine Meldung an Krause-M ab und machte mich auf den Weg, nicht ohne eine fast volle Flasche

Birnengeist. Sicher nicht unbedingt Heinrichs erste Wahl, aber der Schnaps sollte ja helfen und nicht schmecken.
Die Leiche war ein alter Mann. Er war in eine Mönchskutte gekleidet und lag friedlich auf dem Tannengrün, nur ein kleines Loch in der Stirn störte die Idylle des Bildes. Die Gesichtszüge schienen mir bekannt, mir war, als hätte der Mann in der letzten Zeit irgendwann meinen Weg gekreuzt, aber alles Grübeln brachte keinen Erfolg. Heinrich beschäftigte sich während meiner Tatortsicherung eingehend mit dem Birnengeist.

»Andi, dit schmeckt echt wie Kamelpisse, meine Fresse, so wat jeht nich mal kalt runter.« Er schüttelte sich, was ihn aber nicht davon abhielt, einen weiteren tiefen Schluck zu nehmen.

»Kommt aus Bayern, Würzburg steht hier, ham keene Ahnung von Obstler diese Bayern.«

»Heinrich, Würzburg ist in Unterfranken, die sind Franken und keine Bayern, glaub mir, da sind die ganz speziell. Das ist für die ein ehernes Gesetz.« Ich grinste ihn an.

»Ach scheiß wat, wo liecht denn dieset Franken, na? In Bayern, Bundesland Bayern, Andi, also sind det Bayern, ob se wolln oder nich, und ihr Birnenschnaps is scheiße!« Die Flasche war halb leer. »Ick sach dir ma wat, Andi. Dit mit die Franken und die Bayern is bestimmt jenau so ne jequirlte Scheiße wie die sojenannte Kreisgebietsreform. Erst war'n wa Uckermärker, denn hat uns der Osten den Frankfurtern zujeteilt und denn kamen die janz Schlauen nach de Wende und ham uns zu Barnimern jemacht. Dabei hab ick nüscht mit die Bernauer jemeinsam, die sind doch eher Berliner als Uckermärker. Also ick bin Schorfheider und da die Schorfheide nun ma unbestritten een Teil der Landschaft Uckermark is, bin ick een Uckermärker, ob die in Potsdam dit nun wolln oda nich. Und ick globe, dit is mit die Franken jenau dit selbe. Weeste, dit kommt allet, wenn irjendwelche Affen inne Verwaltung nüscht zu tun ham. Willste och noch 'n Schluck von dit jämmerliche Zeuch?«

Ich winkte dankend ab. »Ick setz uns nächstet Jahr mal 'ne Birne an, 'ne richtje Birne, Andi, da kannste ma schmecken, wie Birne schmecken muss. Kann ick eijentlich nach Hause jehn? Die Scheißkälte is nich jut für mein Rücken.«

»In zehn Minuten ist Mila hier, die kann dich nach Hause bringen und Sitzheizung gibt's gratis dazu.« Ich klopfte ihm auf die Schulter. Er verdrehte die Augen und sein Kopf schwankte hin und her. Mein Freund Heinrich war voll wie ein Eimer und brummte vor sich hin. Wir brauchten zehn Minuten, um ihn in den Tiguan zu bugsieren.

»Und wie kriege ich ihn da wieder raus?« Mila tippte mir mit dem spitz geschliffenen Nagel ihres linken Zeigefingers auf die Brust. »Du Held!«

»Lorchen wird dir helfen, und wenn ihr ihn nicht schleppen könnt, packt ihn in die Karre, die steht hinten beim Holzstapel.«

Grinsend schlug ich die Beifahrertür zu.

Eine halbe Stunde später war der Parkplatz voll mit Einsatzfahrzeugen. Ein ganz eifriger Kollege hatte sogar einen Krankenwagen gerufen, der mit drehendem Blaulicht in der Einfahrt stand und Krause-Ms Audi Allroad den Weg auf den Parkplatz versperrte. Eindringliche Worte ließen den Sanitätswagen verschwinden und Krause-M rollte zu mir vor.

»Andi, setz mich mal ins Bild.« Ich schilderte ihm die Situation vom ersten Anruf Heinrichs bis zur jetzigen Hektik am Tatort. Einer der jungen Spurenleute hatte von den Mädels im Backshop ein großes Tablett mit dampfenden Kaffeebechern ergattert und drückte Krause-M einen Becher in die Hand. Es sind die kleinen Dinge, die einem auf dem langen Weg des Beamtenlebens die Türen öffneten. Ich hielt meinen leeren Becher hoch und hatte augenblicklich einen vollen Becher zurück, ein wirklich guter Mann!

Krause-M übernahm die Tatortleitung und entließ mich zum Aufwärmen nach Hause, passend dazu war Mila gerade zurück. Ich ließ sie gar nicht erst aussteigen, warf mich auf den Beifahrersitz und kommandierte. »Nach Hause, bitte.«

»Er ist kein Russe!«

Mila drehte sich um und ein heller Strahl Wintermorgensonne ließ die Konturen ihres ohnehin schön geschnittenen Gesichtes noch makelloser erscheinen.

»Wer ist kein Russe?« Sie sah mich fragend an.

»Der Tote ist kein Russe. Er sieht nicht aus wie ein Russe, er hat nicht die Augen eines Russen und er hat keine Russennase.«

»Keine Russennase! Hat Putin vielleicht eine Russennase, oder Jelzin?«

»Ja, ja, ja, Mila, die haben alle Russennasen! Das sind Russen, das sieht man ihren Nasenspitzen an und der Tote ist kein Russe, und das sieht man seiner Nasenspitze an.«

Sie zeigte mir lachend einen Vogel und drehte den prall gestopften Siebträger in die neue Espressomaschine.

»Andi Witzler, der Nasenprofessor. Dass du in der Lage bist, die klassische Arabernase von der platten Nase der Inuk in Grönland zu unterscheiden, okay, Andi, das billige ich dir zu, aber dass du zwei europäischen Völkern, die in fast unmittelbarer Nachbarschaft leben, unterschiedliche Nasentypen andichtest, ist zu viel des Guten. Der gerichtliche Befund und eine ordentliche Fahndung werden zeigen, wessen Landes Sohn der alte Knabe war!«

»Ich kenne ihn. Verdammt, Mila, ich werde das Gefühl nicht los, als hätte ich in den letzten Wochen mit ihm gesprochen oder ihn irgendwo getroffen. Egal wie, er ist in meinen Erinnerungen zeitnah real. Weißt du, was ich meine?«

»Ja, ich kenne dieses Gefühl, aber lass dich nicht irre machen. Meine Oma hat mir immer gesagt, der Kopf ist nicht umsonst so rund wie eine Kugel, da kommt alles immer wieder mal vorbei. Und jetzt lass mich mal ein paar Eier in die Pfanne schlagen. Ich habe Hunger wie eine Bärenmutter.« Sprach's und versenkte glatte acht Eier in meiner neuen Pfanne, fein gerührt mit Schnittlauch und einer elegant eingeworfenen Hand voll Parmesankäse.

Mitten in der Nacht zog in meinem Kugelkopf das Bild des jüngsten Mordopfers vorbei und diesmal wusste ich, weshalb mir die Gesichtszüge so bekannt waren. Ich kannte dieses Gesicht, nur viel jünger. Es waren die Nase und die Augenpartie. Mit einem Schwung war ich aus dem Bett und stürzte zu meinen Tablet. Ich öffnete den Fotoordner und stellte ein Bild des Toten neben ein kürzlich in ähnlichem Profil gemachtes Foto von Timm Lampert – bingo. Timm Lampert als alter Mann in Mönchskutte, es war unheimlich. Ich googelte sofort das Altersheim in Wolletz, in dem, wie ich von Timm Lampert erfahren hatte, sein Großvater untergebracht war. Die junge Pflegerin der Nachtschicht bestätigte meine Befürchtung. Der alte Lampert war von einem Spaziergang vorgestern Abend nicht zurückgekehrt. Bei der örtlichen Polizeibehörde war sofort eine Anzeige erstattet worden. Die freiwillige Feuerwehr hatte schon die gängigen Plätze und Waldbereiche, in denen sich die älteren, zum Teil schon recht verwirrten Menschen üblicherweise verliefen, abgesucht, ohne Erfolg. Ich sagte ihr nichts von meinem Verdacht, kündigte ihr jedoch einen sofortigen Besuch an. Vier Uhr dreiundzwanzig, die richtige Zeit, um eine schöne Polin aus den Bett zu werfen.

»Mila, es ist Timms Großvater! Ich habe eben im Heim in Wolletz angerufen, er ist seit zwei Tagen verschwunden. Hol mich bitte sofort ab, wir fahren hin.«

»Hat das nicht zwei Stunden Zeit? So wie ich die Sache sehe, kann er uns ja nicht mehr wegrennen.«

»Nix da, schwing deinen jungen Körper aus dem Bett und hol mich ab, Pronto, Signora Levandowski!«

Wolletz, Uckermark

Wir erwischten die Nachtschicht kurz vor Schichtende. Die junge Frau im Schwesternzimmer schrieb gerade ihren Bericht und man sah ihren müden Augen die anstrengende Nachtarbeit an.

»Juten Morgen, möchten Se 'nen Kaffee?« Schon war sie aufgestanden und stellte drei angeschlagene Kaffeepötte mit verblichenen Werbeaufdrucken der Pharmaindustrie neben die große Thermoskanne auf den kleinen Tisch am Fenster. »Mit Milch?«

»Oh ja, mit Milch und Zucker.« Ich lächelte sie an und ihre müden, blassblauen Augen lächelten zurück.

»Die Heimleitung kommt erst um achte, womit kann ick Ihnen dienen?«

»Wir würden gerne etwas über den vermissten Herrn Lampert erfahren, haben Sie ihn gekannt?«

»Jekannt, isser tot?« Sie war augenblicklich wach.

»Wir haben gestern einen älteren toten Mann gefunden und es könnte unter Umständen Ihr vermisster Patient sein. Eine Identifizierung war bisher nicht möglich, da der Mann keine Papiere bei sich hatte.«

»Ich würde gerne die Patientenakte mitnehmen oder mir eine Kopie machen.« Mila schaltete sich in unser Gespräch ein.

»Die sind inne Verwaltung, da kommen Se inne Nacht nich ran. Die könn Se erst ab achte haben.« Die junge Frau drehte sich wieder mir zu. Mila legte nach: »Wir haben unsere Kollegen schon informiert, die werden die Akten nachher mitnehmen, aber ich würde gerne wissen, was Sie über Herrn Lampert zu sagen haben. War er noch fit? War er verwirrt? Wie war sein Gesundheitszustand im Allgemeinen? Wir möchten uns gern ein Bild von Herrn Lampert machen.« Mila nahm die blassblauen Augen scharf ins Visier.

»Der Lampert ist een netter juter Patient. Er kann sich alleene waschen, anziehen, essen. Er ist eener von die

Patienten, die uns am wenigsten Arbeit machen. Eijentlich lebt er hier wie im Hotel, wenn man mal von den medizinischen Behandlungen absieht.«

»Medizinische Behandlungen? Ist er krank?«

»Na ja, nicht richtig krank, er hat 'ne offene Stelle am linken Been, die schlecht heilt. Da müssen wa täglich die Verbände wechseln. Außerdem hat er es öfter im Kreuz, sachta jedenfalls, wir ham aber den Verdacht, dass er sich nur ab und zu gerne mal im Rollstuhl umherschieben lässt und et jenießt, seine persönliche Schwester dabei zu ham. Die ›Kreuzschmerzen‹ hat er nämlich nur bei eine janz bestimmte Kollegin!« Die junge Frau zwinkerte mir zu.

»Glauben Sie, da läuft was?« Mila war gefährlich wach.

»Der Lampert ist neunundsiebzig, wat soll denn da noch loofen?«, lachte die üppige Blondine und musterte abschätzend Milas flaches Dekolleté.

»Wer ist denn seine ominöse Reisebegleiterin?«

»Die schöne Alexa«, grinste die wohl proportionierte Pflegerin zurück.

»Alexa wer? Hat die Kollegin auch einen Nachnamen?«

Hühnerkampf zum Frühstück, wer bekam so was schon geboten. Sicherlich würde mich gleich ein verschwitzter Peruanischer Buchmacher um den Einsatz bitten. Ich würde meine sauer verdienten Dollar auf Mila setzen. Die Blondine schien nicht zu ahnen, wem sie da gerade auf die Füße trat.

»Sie scheinen et ja nötig zu haben.« Sie war eine uckermärkische Frohnatur und gluckste vor Lachen.

»Kommen Sie mir nicht dumm, gute Frau. Ich lasse Sie dreimal die Woche zur Zeugenvernehmung nach

Eberswalde kommen, wenn mir danach ist.« Mila war kurz vorm Explodieren.

Die füllige Fröhlichkeit zuckte nur kurz mit den Schultern.

»Keen Problem, jibt ja jedet mal Zeugenjeld. Kenn ick schon von de Fahrerflucht von mein Exfreund. Is mir och völlig schnuppe, Püppchen. Der Chef hat mir dafür och noch freizustellen, weeß ick allet. Rausschmeißen tut er mir och nich, Pflegerinnen sind im Augenblick gesuchter als Joldstaub. Also wenn Se Bock ham, komm ick dreimal die Woche in Ihr Büro vorbei. So, is jetz allet klar bei die Polente, ick muss wieda arbeiten, ick bin nämlich keene Beamte.« Sie lächelte Mila ins Gesicht und wies uns mit einer knackigen Geste aus dem Dienstzimmer.

Drei Minuten später saßen wir wieder im Wagen. Mila atmete schwer und ich hielt einfach mal die Klappe. Der Peruaner hätte sich jetzt grinsend meine handvoll Dollar in die verbeulten Taschen seiner zerknitterten Anzughose gesteckt.

Krause-M meldete sich um neun. Wir hatten durch die Übermittlung der digitalen Röntgenbilder zur Gerichtsmedizin jetzt die Gewissheit, dass es sich bei dem Toten wirklich um Timm Lamperts Großvater handelte, und dass die rollstuhlschiebende Kollegin eine gewisse Auszubildende namens Alexandra Zacherau war. Die junge Dame befand sich seit gestern im Urlaub. Mir fiel die undankbare Aufgabe zu, die beiden Lamperts von dem Verlust zu unterrichten.

Pinnow, Uckermark

Das sichere Haus in Pinnow war geräumig und besaß einen großen, von außen nicht sichtbaren Keller ohne Fenster, in den Krause eine Verhör- und Informationsfindungsanlage hatte installieren lassen, abhörsicher, versteht sich. Hier hatten schon unzählige Freunde und Feinde Deutschlands ihre Aussage gemacht, freiwillig oder freundlich darum gebeten. Die Lamperts waren heute Morgen angekommen. Krause hatte sie empfangen. Er musste in der Nacht noch rausgefahren sein.

Timm Lampert saß mir gegenüber auf einem soliden Stahlhocker, einem von drei Möbelstücken im Raum, die alle am Boden verschraubt waren. Krause zog es vor, der Befragung durch das Kamerasystem beizuwohnen.

»Also Timm, woher kommt die Kohle für deine coolen Klamotten, für deine teuren Turnschuhe, für deine geile Bude, um die ich dich ehrlich gesagt beneide? Dealst du mit Drogen?« Der Junge zuckte mit den Schultern und sah mir störrisch in die Augen.

»Ich hab einen ordentlichen Lehrlingslohn und mache nebenbei ein paar kleine Geschäfte.«

»Was für Geschäfte, Timm?«

»Ich besorg halt billige Markenklamotten und verscheuere sie weiter mit Gewinn.«

»Woher stammen diese Klamotten?«

»Aus Polen, aus Russland, aus Taiwan, was weiß ich.«

»Ich meine, woher bekommst du diese Klamotten, wer ist dein Partner? Du wirst die Klamotten ja nicht auf dem Polenmarkt kaufen.«

»Wenn ich Ihnen den Namen nenne, bin ich tot!«

»Wenn du mir den Namen nicht nennst, bist du auch tot, weil ich dich nämlich dann heute noch vor die Tür setze. Was willst du dann machen?«

»Dann suche ich mir ein neues Versteck und verkrümle mich nach Spanien.«

»Nach Spanien, schon klar, Timm. Du würdest es nicht mal bis zum Flughafen Tegel schaffen. Wie gut es um die Sicherheit deiner Verstecke bestellt ist, hat dein Vater ja zu spüren bekommen. Vielleicht wäre es besser gewesen, du hättest dir die Kugel eingefangen, die deinem Vater den Scheitel gezogen hat. Scheiß egal, ist ja nur der Alte. Sieh es mal praktisch. Wenn der Alte abnippelt, wird deine Mutter den Hof sicherlich verkaufen. Dann musst du nur noch dafür sorgen, dass sie auch noch eine verpasst bekommt. Als Einzelkind bis du Alleinerbe und schon ist das mit der Kohle geklärt. Das Erbe deines Großvaters gibt's als Zuckerstückchen oben drauf, denn den haben deine netten Freunde nämlich vorgestern in Joachimsthal zwischen die frisch geschlagenen Weihnachtsbäume gelegt, mit einen Loch in der Stirn.«

Ich war erst gegen Krauses Idee, die Nachricht vom Tod des alten Lampert dem Jungen »knallhart vor den Latz zu knallen«, wie mein Chef sich ausdrückte. Der Alte glaubte aber, den richtigen Riecher zu haben. Timm sah mich noch einige Sekunden abschätzend an. Die Ohren hatten die Nachricht vernommen, das Gehirn brauchte aber einen Wimpernschlag, um die Gewissheit des Verlustes zu realisieren. Die körperliche Reaktion war schneller, die Tränendrüsen öffneten sich und Timms Augen wurden glasig, er schluchzte laut, riss die Hände vors Gesicht und fing bitterlich zu weinen an. Krause hatte mir jegliche Empathie verboten. »Kommen Sie gar nicht erst auf die Idee, ihn in den Arm zu nehmen oder zu trösten. Er hat den Alten vermutlich auf dem Gewissen. Jetzt wollen wir doch mal sehen, ob so ein Schlag in die Magengrube ihn durchschüttelt und zur Vernunft bringt.«

»Heul dich ruhig aus.« Ich erhob mich vom Hocker und verließ den Raum. Krause saß vor dem Bildschirm und studierte das Leiden des jungen Timm Lampert. Der saß wie versteinert auf seinem Hocker und wurde von Minute zu Minute kleiner, er fiel förmlich in sich zusammen. Dreißig Minuten später übernahm Krause die Vernehmung und überließ mir den Bildschirm. Er zog sich bedächtig die graue Strickjacke über, griff sich seine abgegriffene, lederne Aktenmappe, einen Plastikbecher Mineralwasser und verschwand geräuschlos aus der Tür. Sekunden später erschien er mit freundlichem Opagesicht in der Tür des Vernehmungsraums. Wortlos stellte er Timm den Wasserbecher hin, legte seine Mappe auf den Tisch, drehte den Dimmer der Tischlampe runter, setzte sich bedächtig und betrachtete Timm wortlos.

»Mein Beileid zu Ihrem Verlust, Herr Lampert. Vielleicht können wir uns gegenseitig weiterhelfen.«

Timm starrte gedankenlos auf den schallisolierten Boden des Verhörraumes.

»Haben Sie einen Verdacht, Herr Lampert? Wer könnte Ihren Großvaters ermordet haben? Kommen Sie, ich weiß, es hat Sie hart getroffen, aber haben Sie keine Rachegedanken? Wollen Sie den Mörder so einfach davonkommen lassen? Dass wir nicht von der Kripo sind, haben Sie sicher schon geschnallt, und dass wir uns von irgendwelchen russischen Banden in unserem Land nicht auf der Nase rumtanzen lassen, ist Ihnen hoffentlich auch klar. Die Frage ist aber, wie soll es denn nun für die Familie Lampert weitergehen? Den Sohn entführt, auf den Vater geschossen, den Großvater abgeknallt wie einen räudigen Hund und wer weiß, was Mama nächste Woche so widerfährt.« Krause ließ die Ledermappe geräuschvoll zuklappen und stand langsam auf.

»Hat Opa gelitten?« Timms kratzige Stimme stoppte Krause an der Tür.

»Ihr Großvater hatte einen schnellen, schmerzfreien Tod. Nach Aussage der Gerichtsmedizin gab es keine Verletzungen, die auf Folter oder Schläge hinweisen. Es scheint, als wäre es eine klare Abrechnung oder ein Zeichen gewesen. Die Frage, die wir uns stellen, ist: Wem soll dieses Zeichen, so es denn eines ist, gelten?«

»Ich weiß nicht, ob irgendwelche Russen Opa getötet haben. Opa hat früher mit den Russen zu tun gehabt. Er war im Osten Offizier bei den Fallschirmjägern und hatte alte russische Kumpel aus dieser Zeit. Mehr weiß ich wirklich nicht. Es waren aber Freunde von ihm. Sie haben sich alle paar Jahre getroffen und sind dann immer gemeinsam an die Ostsee gefahren.«

»Ihr Großvater war, als er gefunden wurde, mit einer Mönchskutte bekleidet. Ich halte das für ein Symbol. Erzählen Sie uns von Ihrer Zeit bei den Mönchen in Götschendorf!« Krause nahm wieder auf dem Hocker Platz. Timm wurde unruhig.

»Da gibt's nicht viel zu erzählen. Ich war auf ›H‹, die Mönche haben mir geholfen, von dem Zeug wegzukommen und das war's auch schon.« Es kam zu perfekt, zu schnell, zu einstudiert, ein alter Fuchs wie Krause war nicht so einfach zu täuschen.

»Feiner Zug von den Mönchen, aber laut Aussage Ihres Vaters haben die Mönche Sie erst aufgenommen, nachdem er den Namen Ihres Großvaters ins Spiel gebracht hat. Es muss also einen Zusammenhang geben. Kommen Sie, Timm, spannen Sie mich nicht so lange auf die Folter. Ich bin ein alter, rastloser Mann und ich habe in Berlin noch einen vollen Schreibtisch abzuarbeiten. Hat Ihr Großvater mit den Mönchen Geschäfte gemacht?«

»Quatsch! Was soll man mit Mönchen für Geschäfte machen?«

»Machen Sie Geschäften mit den Mönchen?«

»Die Mönche haben damit nichts zu tun.«

»Wer hat denn womit zu tun? Ich lass' Sie hier sitzen, bis Sie schwarz werden, schwarz, alt und faltig, verstanden?«

»Ich habe bei den Mönchen einen alten Bekannten meines Opas kennengelernt. Einen Russen, der kam zwei-, dreimal die Woche ins Kloster. Er hat mich gefragt, ob ich mir ein paar Euro verdienen will. Ich müsste nur für ihn Fahrten innerhalb Deutschlands machen. Es gäbe fünfhundert Euro pro Tour. Ich habe nicht lange gezögert. Die Lieferung bestand immer aus zwei Reisekoffern.«

»Sie haben mit dem Lieferwagen vom Hagenback Kurierfahrten gemacht? Das muss der Hagenback doch auf dem Tacho gesehen haben.«

»Nein, Quatsch, die Koffer waren immer im Kofferraum von irgendwelchen Mietwagen, die ich in Berlin Schönefeld am Flugplatz übernahm. Ich bin dann damit nach Hamburg, Frankfurt, Köln oder München gefahren, hab die Karre auf den Parkplatz der Autovermietung abgestellt und habe für den Rückweg einen neuen Wagen bei einer anderen Mietwagenfirma übernommen.«

»Was war denn in den Koffern?«

»Ich weiß es nicht. Hab nie versucht, reinzusehen. Ich weiß nicht mal, ob sie verschlossen waren. Es war mir auch völlig egal. Manchmal habe ich drei Touren an einem Wochenende gemacht, tausendfünfhundert Euro in 36 Stunden!«

»Sie wollen mir doch nicht allen Ernstes erzählen, Sie haben nie nachgesehen. Hatten Sie keine Angst, es könnten Drogen sein?«

»Es war mir völlig schnuppe, mich hat nur die Kohle interessiert.«

»Tja, aber damit ist ja jetzt wohl Schluss, und Opa ist tot.«

Krause bohrte noch eine volle Stunde in Timm Lamperts Seele herum, aber der starrte nur noch still vor sich hin.

Wir wechselten die Rolle und den Delinquenten. Timms Vater war an der Reihe.

»Herr Lampert.« Ich schob ihm einen Becher mit lauwarmem Milchkaffee rüber.

»Ich muss Ihnen leider mitteilen, dass Ihr Vater Opfer einer Gewalttat geworden ist, man hat ihn erschossen. Er wurde vorgestern Morgen in Joachimsthal tot vor dem BHG-Baumarkt gefunden.«

»Aha«, war die Antwort. Seine Augen sahen mich fragend an, die Geschichte musste weitergehen. Sein Vater war ermordet worden, ich war ein Ermittler, also mussten jetzt Fragen, Hypothesen und Anschuldigungen meinerseits kommen. Er kniff ein Auge zusammen und zog bedächtig sein Tabakspäckchen aus der linken Hemdtasche. Ohne den Blick abzuwenden, drehte er sich geschickt eine Zigarette.

»Ist sicher mit Klima hier, oder?« Er wies auf das Gitter in der Wand. Der vanillene Geruch von Pfeifentabak füllte den Raum. »Stellen Sie Ihre Fragen?« Er ließ mich kommen.

»Sie scheinen nicht überrascht, Herr Lampert. Eher, als hätten Sie etwas Derartiges erwartet. Hatte Ihr Vater Feinde?«

»Das klingt ja wie aus einer Krimiserie im Billigfernsehen. Was weiß ich, ob mein Vater Feinde hatte. Vermutlich hatte er welche, Menschen wie er haben immer Feinde.«

»Können Sie mir das genauer erklären, was meinen Sie mit ›Menschen wie er‹?« Im Familienleben der Lamperts schien einiges nicht im Lot gewesen zu sein.

»Mein Vater war ein Arschloch, ein selbstsüchtiges, egoistisches Arschloch. Nur seine Meinung zählte, man hatte sich ihm unterzuordnen, seiner Meinung, seiner Weltanschauung, der Weitsicht des großen Alexander Lampert, Oberstleutnant Alexander Lampert AD. Aber er ist nie ›Außer Dienst‹ gegangen, er trug nur keine Uniform mehr. Er hat sich meiner Mutter gegenüber benommen wie ein Schwein, und sie ist daran krepiert.« Lampert sah mir mit zusammengekniffenen Lippen in die Augen, zog ein letztes Mal an seiner Selbstgedrehten, nahm die Kippe aus dem Mund und drehte den glühenden Rest ruhig, aber stetig im Stahlaschenbecher hin und her, bis die letzte Glut erloschen war. Ich wagte den Schlag ins Blaue.

»Haben Sie in irgendeiner Weise mit dem Tod Ihres Vaters zu tun?« Manchmal war die Wahrheit so einfach und die Antwort auf eine schwierige Frage nur ein simples »Ja«. Nicht in diesem Fall.

»Ob ich meinen Vater habe töten lassen, mhm, interessante Frage. Ich hätt's getan, wenn ich den Mut dazu gehabt hätte. So muss ich mich wohl bei dem bedanken, der sich der Sache angenommen hat.« Er nickte gedankenverloren und räusperte sich.

»Ich wurde 1965 im Kreiskrankenhaus Bergen auf Rügen als erstes und einziges Kind der Eheleute Lampert geboren. Es gibt wunderschöne, glückliche Familienfotos aus dieser Zeit. Meine Mutter mit langem blonden Zopf in einem Sommerkleid mit großen Blumenmotiven, mein Vater ein athletischer, gutaussehender, junger Mann in der Paradeuniform der neu gegründeten Fallschirmtruppen der NVA. Eine Vorzeigefamilie des Ostens, mit einem Makel. Mein Vater teilte nicht nur das Bett meiner Mutter. Er war schon eine beachtliche Erscheinung mit seinen durchtrainierten einsvierundneunzig. Gekleidet in eine maßgeschneiderte Uniform war er begehrt in der Damenwelt, und er genoss diesen Aspekt mit allen Sinnen, sehr zum Leidwesen meiner Mutter. Er gab sich auch keine große Mühe, seine Eskapaden zu verbergen. Meine Mutter war vom alten Schlag und wollte keinen Skandal in der Öffentlichkeit. Lebenslang war für sie nun mal ein Leben lang, in guten und in schlechten Zeiten. Wir sind Anfang der Achtziger dann nach Brandenburg gezogen. Man verlegte die Fallschirmjäger nach Lehnin, inmitten der märkischen Kiefernwälder. Mein Vater hat eine steile Karriere gemacht. Er war zweimal zum Studium in der Sowjetunion und hatte sich zum Major hochgedient. Ein angesehner Mann zu dieser Zeit. 1985 wurde er wieder auf einen Lehrgang in die Sowjetunion delegiert, diesmal kam er nicht wie üblich nach einem halben Jahr auf Urlaub. Es dauerte zweieinhalb Jahre, bis wir ihn wiedersahen. Er war schwer verwundet worden und hat lange Zeit in einem sowjetischen Militärlazarett gelegen. Wieder zu Hause, wurde er zum Oberstleutnant befördert und dauerhaft dienstunfähig geschrieben. Er hat nie über diesen Einsatz und seine Verletzungen gesprochen, aber seit dieser Zeit war er ein verbitterter Mann. Meine Mutter hat sich um ihn gekümmert, hat seine Wutausbrüche und Trinkerexzesse ertragen.

Eines Abends kam er wieder betrunken nach Hause und fing lautstark an, mit meiner Mutter zu streiten. Ich hörte die beiden in der Küche herumschreien. Er beschimpfte sie als Schlampe, als Nutte, als blöde Kuh. Gerade als ich die Tür öffnen wollte, schrie sie ihm entgegen ›Hätte Lochner richtig getroffen, hätte ich jetzt meine Ruhe!‹. Er hat ihr daraufhin ansatzlos mit der Faust auf den Kehlkopf geschlagen. Ich bin rein, habe im Affekt die noch auf dem Herd stehende Pfanne gegriffen und ihm mit aller Wucht eine auf den Hinterkopf verpasst. Er fiel wie ein großer Baum, schlug mit dem Kopf auf das

Geschirrregal und landete bewusstlos inmitten der ganzen Scherben. Meine Mutter lag in der Ecke und rang krächzend nach Luft. Ich habe sie mit dem Lada meines Vaters ins Kreiskrankenhaus Brandenburg gebracht. Als meine Mutter dem behandelnden Arzt erklärte, dass sie gestolpert und mit dem Kehlkopf auf das Treppengeländer gefallen war, entschied ich mich dazu, zu gehen. Ich bin noch in derselben Nacht zu einem Kumpel nach Berlin gefahren. Dort bin ich dann in einer Punker-WG im Friedrichshain untergetaucht. Wir hatten eine geile Zeit im Ostberlin der Endachtziger, haben Hosen und Shirts genäht und auf Märkten vertickt. Geld für Futter, Bier und Partys war immer da. Ich habe nur noch einmal zu Hause angerufen. Meine Mutter nahm ab und fing an zu heulen, als sie meine Stimme hörte, Sekunden später war der Alte dran. Er hat mir gedroht, er würde mich suchen lassen, wenn ich mich noch einmal melden sollte. Ich wäre nicht mehr sein Sohn und könne machen, was ich wolle, dann legte er auf. Wir haben uns dann auch wirklich einige Jahre nicht mehr gesehen. Ich habe meine Frau kennengelernt und bin in die Uckermark gezogen. Wir haben gemeinsam mit ihrem damals schon kranken Vater den Hof bewirtschaftet. Als ihr Vater starb, war ich dann der Bauer.

Den Kontakt zu meiner Familie nahm ich erst wieder auf, als Timm geboren wurde. Ich wollte ihnen den Enkel nicht verschweigen. Meine Mutter war zu der Zeit schon schwer krebskrank, mein Vater spielte immer noch den starken Mann, wusste aber nicht so recht, wie er mit mir umgehen sollte. Wir haben uns nie ausgesprochen. Als meine Mutter starb, hat er mich am Grab gefragt, ob er Kontakt zu seinem Enkel haben dürfe. Er hatte ein kleines Kuscheltier von Steiff in der Hand und ich spürte das erste Mal eine gewisse Form von Mitgefühl bei ihm. Er hat Timm öfter abgeholt, sie sind in den Tierpark nach Berlin gefahren oder waren im Spaßbad. In den Ferien war er meist einige Wochen mit ihm auf Hiddensee im Sommerurlaub. Es machte den Eindruck, als wolle er gutmachen, was er bei mir versaut hatte. Als Timm später Probleme mit Drogen bekam, gab er mir den Rat mit den russischen Mönchen. Sie wären Bekannte aus seiner Zeit in der Sowjetunion und hätten Erfahrung mit der Entgiftung von Süchtigen. Nachdem Timm dann zusammenbrach und bei den Mönchen unterkam, hatte ich genug mit mir und meiner Frau zu tun. Es gab keinen Platz für meinen Vater in unserem Leben. Er konnte sich mit Timm treffen, wann immer er wollte, ich suchte seine Nähe aber weiterhin nicht. Tja, und jetzt ist er tot.«

Lampert zog sich einen Eukalyptusbonbon aus seiner Hosentasche, wickelte ihn aus, steckte ihn in den Mund, faltete das Papier sorgfältig, warf einen Blick auf den Aschenbecher, zögerte, steckte das Papier wieder zurück in die Tasche, dann erst fing er an zu lutschen. Hinter Lampert blinkte oben in der Decke ganz schwach eine kleine grüne LED-Leuchte, Krause wollte mich sehen.

»Ich lasse Sie mal einen Augenblick allein.« Hinter mir schloss sich die schwere abhörsichere Automatiktür geräuschlos.

Krause saß vor seiner ledernen Aktenmappe und hatte darauf nur ein Wort in Großbuchstaben gekritzelt:

LOCHNER. Sein Zeigefinger tippte immer wieder auf das Ökopapier.

»Jetzt wird doch der Hund in der Pfanne verrückt. Ich habe nach dem Lochner, den Lamperts Mutter erwähnte, gesucht und siehe da: Beide sind alte Fallschirmjägerkameraden und der Lochner hat tatsächlich auf den Lampert geschossen. Da muss damals eine ganz schräge Nummer gelaufen sein. Wenn im Osten beim Militär aufeinander geschossen wurde, endete das immer mit Militärknast, aber weder der Lampert noch der Lochner tauchen in den Akten der Militärstaatsanwaltschaft auf. Hab ich eben gecheckt.« Er hackte auf die Tastatur seines Laptops ein.

»Der Lochner ist nicht mal als Angehöriger der Fallschirmjäger registriert. Lampert, Leipnitz, Liebig, Lobendal, Lorentz, kein Lochner dabei. Entweder hat Lampert sich damals verhört oder die haben die Personalakten gefälscht.« Krause sah nachdenklich aus dem Fenster und steckte sich einen Keks in den Mund. Endlich räusperte er sich und drehte sich mir zu. Die Hand vor dem Mund, sinnierend in die Ecke schauend, hob er seine Stimme.

»Witzler, sprechen Sie mit Krause-M und laden Sie den Lochner in Eberswalde vor. Ich will ihn nicht hier haben, nicht in der Nähe der Lamperts. Lochner hat anscheinend ein paar mehr Geheimnisse, als uns bisher bekannt war.«

Landeskriminalamt, Eberswalde

Wir saßen tief versunken in den weitgereisten Clubsesseln der Marcinaks und Krause-M blickte skeptisch herüber. Ich berichtete ihm von den Vernehmungen der Lamperts.

Wie erwartet, war er nicht gerade darüber erfreut, den engsten Familienkreis seines jüngsten Mordopfers in der für ihn nicht erreichbaren Obhut des BND zu wissen.

»Das ist Ermittlungsbehinderung von Amtswegen, Andi! Ihr glaubt auch, ihr könnt machen, was ihr wollt. Ich könnte den Verfassungsschutz einschalten, ihr habt als BND hier im Innland überhaupt nichts herumzuschnüffeln!« Schnaufend schüttelte er den Kopf. Gelassen sah ich zu ihm rüber. Mach doch!, dachte ich. Es sollte mich wundern, wenn Krause nicht genau für solche Fälle eine Hintertür im Kanzleramt eingebaut hatte. Aber Krause-M war ein Ermittler mit einem scharfen Verstand und schneller Kombination. Ermittlungen gegen eine Wand aus unsichtbarem Schweigen, gegen eine Behörde, die sich elitär von gewöhnlicher Polizeiarbeit abgrenzte, war keine Wunschvorstellung für einen guten Kriminalisten. Ehre hin oder her, besser einen Strohhalm greifen als zielloses im Trüben herumzupaddeln.

»Okay, Andi, die Vorladung geht heute noch raus.«

»Achim, was hältst du davon, wenn Mila und ich einen Abstecher nach Kurtschlag machen und Bernd auf eine kleine Plauderrunde einladen. Sollte Lochner irgendwie mit dem Mord im Zusammenhang stehen, würde ich an seiner Stelle jedes Polizeirevier meiden, wie der Teufel das Weihwasser. Wir sollten davon ausgehen, dass unsere Dienststelle beobachtet wird von einer oder mehreren Parteien, die wissen wollen, wer hier ein- und ausgeht.« Nach kurzer Überlegung bekam ich Krause-Ms Zustimmung und rauschte mit Mila davon.

»Woher willst du eigentlich wissen, ob Lochner überhaupt zu Hause ist?«

»Grün!« Ich schnippte in Richtung Ampel. Mila gab dem Tiguan die Sporen. Sie wechselte von Automatikgetriebe auf DSG-Schaltung und drehte energisch am Lenkrad wie einst Walter Röhrl. Die einsetzende Schwerkraft presste mich in den Sitz. Mein »Innerorts fünfzig in Deutschland!« wurde ignoriert. Man sollte emanzipierte junge Ermittlerinnen wohl nicht an grüne Ampeln erinnern. Wir preschten die Breite Straße herunter, bogen zackig nach links in die Eberswalder Straße. Mila blieb beständig bei gut achtzig Sachen, was mir angesichts der in zweiter Reihe parkenden Lieferanten doch mehr als flott erschien.

Auf Höhe vom »Büromarkt Heymann« nagelte Mila das Gaspedal aufs Bodenblech und katapultierte uns in die Schorfheide, nur um bei McDonalds voll in die Eisen zu gehen und ruckartig nach rechts auf den Lidl-Parkplatz zu driften. Ich wollte mir gerade richtig Luft machen, als Milas linker Zeigefinger die Fahrt eines vorbei jagenden, silbernen Touareg verfolgte.

»Wir wollten doch ohne Eskorte zu Lochner, oder?«, griente sie mich an. »Hinterher?« Sie zog die wohlgeformten Brauen hoch und machte einen spitzen Mund. Ich schüttelte den Kopf und sah lachend zur Seitenscheibe hinaus.

»Mila, du hast echt manchmal 'ne Meise! Ich sehe mal nach, ob Lochner noch zu Hause ist. – Bingo, seine Karre steht unterm Schleppdach, genau da, wo er sie gestern geparkt hat.« Ich steckte mein iPhone zurück in die

Ladehalterung. GSM-Kameras waren verlässliche Boten von Aktivität oder Nichtaktivität.

»Andi, gegen dich ist Orwell wirklich nur ein harmloser Spinner gewesen. Hast du vor meiner Tür auch 'ne Kamera?«

»Bei dir habe ich sie in der Dusche«, antwortete ich trocken.

»Pass mal auf, dass du dir nicht die Augen verblitzt, wenn Mutti duschen geht, mein Kleiner.« Sie guckte herausfordernd, aber war schnell wieder ganz die Beamtin.

»Können wir da eigentlich einfach so auftauchen? Krause-M hat uns keine Legitimation mitgegeben. Wir haben weder einen Durchsuchungsbefehl, noch eine vorläufige Festnahme. Wir stehen mit leeren Händen da.«

»Mila, wir kommen als Gäste, nicht als Bullen.« Skeptisch sah sie herüber.

»Guck nach vorn!« Wir waren so eng an einem Langholztransporter vorbeigezischt, dass ich die Jahresringe hätte zählen können. Ich rief zur Sicherheit und um Mila zu beruhigen bei Bernd an.

»Hätten Sie einen Augenblick Zeit für uns, wir würden gern mal bei Ihnen vorbeischauen?«

»Geht's um den toten Lampert? Klar geht's um den toten Lampert. Wann sind Sie hier, Witzler?«

»In etwa zwei Minuten, ich sehe schon das Ortseingangsschild.«

»Ich mache Ihnen das Tor auf.«

In diesem Augenblick zersprang die Frontscheibe in ein Spinnennetz. Klack, Klack – zwei weitere Einschläge. Mila wurde von einem Geschoss getroffen und verriss das Lenkrad. Der Tiguan stellte sich mit seinen knapp hundert km/h quer, rutschte seitlich auf den nassen Ackerboden, wo das linke Vorderrad versank, die nachdrückenden knapp zwei Tonnen Auto zwangen den Wagen in mehrere Rollen um die Längsachse, die Scheiben splitterten, das Dach wurde vorn eingedrückt, es kreischte und polterte. Endlich kam der Tiguan zum Stehen, oder besser zum Liegen. Sämtliche Sicherheitseinrichtungen hatten ausgelöst, Mila hing stöhnend im Sicherheitsgurt, vor ihr pendelte der leere Sack des Lenkradairbags. Wie durch ein Wunder schien mich das Schicksal verschont zu haben.

»Mila! Mila, kannst du mich hören? Was ist mit dir?«

»Ich kann meinen linken Arm nicht mehr bewegen. Verdammte Scheiße, ich blute wie ein Schwein, aua man, tut das weh.« Langsam löste ich mich aus dem Gurt, zog das rechte Bein aus dem völlig verbeulten Fußraum und setzte es vorsichtig im Rest des Frontscheibenrahmens ab. Erneut schlug ein Projektil kreischend ein paar Zentimeter daneben in die Motorhaube ein. Reflexartig zog ich das Bein wieder in Deckung.

»Scheiße, wir werden immer noch beschossen.« Verkeilt zwischen Sitz und dem, was vom Armaturenbrett übrig geblieben war, bemühte ich mich, meine Glock 19c aus dem Schulterholster zu ziehen. In diesem Augenblick knackte es in der anscheinend immer noch funktionierenden Freisprechanlage.

»Witzler, was ist passiert?«

Ich konnte es kaum glauben, aber es war Lochner. Anscheinend hatte ich den Anruf noch nicht beendet, als der Wagen sich überschlug, und Lochner war Ohrenzeuge unserer brenzligen Situation geworden.

»Lochner, wir sind beschossen worden und haben uns überschlagen. Wir liegen etwa 20 Meter vor dem Ortseingangsschild auf dem Acker, wir werden immer noch beschossen. Können Sie mich verstehen?«

»Positiv, Witzler, ich kann Sie hören und ich hole Sie ab, bleiben Sie in Deckung.«

»Negativ, Lochner, verschanzen Sie sich in Ihrem Haus, ich melde den Vorgang nach Berlin.«

»Negativ, Witzler, wenn Sie Berlin informieren, verlieren Sie mich als Quelle, ich bin schon auf dem Weg, kein Wort nach Berlin. Es kann sein, dass man Ihr Telefon aufzeichnet und entschlüsselt.«

Lochner hatte aufgelegt, sechzig Sekunden später schob sich ein schwerer Wagen neben das Wrack des Tiguan.

»Los, Witzler, kommen Sie rüber. Ich schirme Sie ab.« Lochner hatte die hintere rechte Tür aufgedrückt.

»Los, los, man, wir haben nicht ewig Zeit!« Ich löste Milas Gurtschloss. Sie rutsche stöhnend in meine Arme. Rückwärts drückte ich meinen Hintern durch die offene Tür über das Polster und zerrte die leblose Mila hinter mir her. Bing, Bing, Bing, schlugen Geschosse in die Fahrertür ein. Klack, die nächste traf die Seitenscheibe, aber überraschenderweise barst die Scheibe nicht, sie bildete nur ein leichtes Spinnennetz und das Geschoss war auch nicht eingedrungen. Lochner trat das Gaspedal durch, der Wagen buddelte sich aus dem winterlichen Acker und machte einen Sprung vorwärts, sobald die Reifen Asphalt spürten. Klack, Klack, Klack, eine letzte Dreierserie schlug ins Heck. Der Schütze hatte nicht mehr auf das Fenster gezielt, sicher hatte er versucht, den Tank zu erwischen.

»Lochner, Mila hat eine Schusswunde, die heftig blutet, wir brauchen dringend einen Arzt. Fahren Sie sofort zum nächsten Krankenhaus.«

»Negativ, Witzler, das schaffen wir nie. Sie sind doch Profi, sehen Sie sich die Wunde an, wir müssen sofort reagieren.«

»Verdammt, Lochner, Sie ist meine Kollegin, meine Partnerin, und wenn Sie nicht augenblicklich in Richtung Klinik unterwegs sind, knall ich Sie ab wie einen räudigen Hund und fahre selbst.«

»Cool bleiben, Witzler, erstens habe ich eben Ihren Arsch und den Ihrer halbpolnischen Partnerin gerettet, und zweitens weiß ich, dass Sie weit mehr als nur kollegiales Interesse an ihr haben, das vernebelt anscheinend Ihr logisches Denkvermögen.« Lochner hielt am Straßenrand, sprang aus dem Wagen und machte sich am Kofferraum zu schaffen. Nach nicht mal einer Minute riss er meine Seitentür auf und warf mir einen Notfallkoffer aus Kunststoff auf den Schoß.

»Stoppen Sie um Himmels willen die Blutung, Witzler.«

Er trat auf's Gaspedal, und der Wagen schoss zurück auf die Straße. Lochner nahm ein altertümliches Autotelefon aus der Halterung.

»Hallo Kuno, hier Bernd, ich hab eine 23, wiederhole: Ich habe eine 23, wir brauchen sofort eine 50 an Ort 3. Was? Hör auf zu spinnen und schieb deinen Arsch ins Auto, Kuno!« Er nahm den Hörer runter.

»Welche Blutgruppe, Witzler?«

»Sekunde!« Ich riss Mila den Organspenderausweis, den Sie mir neulich so stolz gezeigt hatte, aus der oberen Jackentasche.

»Null, sie hat Null positiv, bring Plasma mit, Schusswunde im unteren Schulterbereich links, kann auch mehr erwischt haben, sie hat starken Blutverlust. Wir sehen uns gleich.«

»Wer war das?«

»Geht Sie gar nichts an, Witzler. Wir spielen das Ding jetzt nach meinen Regeln, solange bis Mila über den Berg ist. Sie werden in den nächsten Stunden Dinge sehen, von denen Sie nicht einmal in Ihren kühnsten Träumen etwas geahnt haben. Ich bin mir sicher, dass ich damit meine Befugnisse weit überschreite, aber darauf scheiße ich heute mal. Ihr Krause hat mir vor Jahren mal den Arsch gerettet, vielleicht kann ich jetzt meine Schuld einlösen. Ab jetzt ist alles ›For your eyes only!‹, wie Ihre amerikanischen Freunde immer zu sagen pflegen.«

Wir erreichten die Fernstraße 109, Lochner flog förmlich drüber weg und der Kofferraum schlug hart auf den Boden des Waldweges, den wir nun mit einem Affenzahn herunterrasten.

»Wo wollen Sie zum Teufel hin, Lochner, zum Krankenhaus Zehdenick hätten wir nach links abbiegen müssen, verdammt.«

»In Zehdenick gibt's seit Jahren kein Krankenhaus mehr, Witzler, der Landkreis hat nur noch in Gransee eine rund um die Uhr besetzte Notfallaufnahme. Wir haben ein ›sicheres Haus‹ hier, mit OP-Einrichtung.«

»Sie haben was?« Ich glaubte, mich eben verhört zu haben.

»Halten Sie einfach die Klappe und stoppen Sie die Blutung.« Was bei ICE-Tempo auf einem ausgefahrenen Waldweg eine ziemliche Herausforderung war. Ich presste mehrere sterile Kompressen auf die immer noch stark pulsierende Wunde.

»Witzler, reißen Sie die Aludose, die wie eine russische Red-Bull-Dose aussieht auf und kippen Sie den Inhalt auf eine Kompresse. Es ist ein stark blutstillendes Mittel vom Militär. Achtung, nicht erschrecken, es wird sofort kalt, wenn es mit Luft in Berührung kommt, dadurch wird die blutstillende Wirkung erhöht.« Lochner driftete die schwere Limousine scharf nach rechts und brach sich einen Weg durch Unterholz und kleine Kiefernsprösslinge. Wir rutschten plötzlich steil abwärts, flogen durch die Überreste eines großen Holztores und blieben in einer verfallenen Ruine stehen. An der rechten Seite stand ein Mercedes ML, aus dem ein zottiger Mann mit Rauschebart einen großen Alukoffer zog.

»Kuno, alles dabei?« Der Bärtige nickte und lief hinter Lochner her, der sich an einer verzogenen Holztür zu schaffen machte. Mila hatte das Bewusstsein verloren, ich zog sie aus dem Wagen und nahm sie hoch. Hinter dem maroden Holztor hatte Lochner eine solide Stahlbunkertür geöffnet und bemühte sich gerade, im Schein seiner Handytaschenlampe einen großen russisch beschrifteten Hauptanschlussschalter umzulegen. Das Licht von unzähligen Neonröhren flackerte auf und erhellte einen langen Gang. Der zottige Kuno rannte sofort den Gang herunter, Lochner winkte mich vorbei.

»Bleiben Sie ihm auf den Fersen, er kennt sich hier bestens aus. Ich lass' die Autos verschwinden und bin gleich bei Ihnen, Witzler. Vertrauen Sie Kuno, egal wie komisch er Ihnen vorkommt. Ich kenne keinen besseren Chirurgen im Umkreis von Tausend Kilometern. Wenn einer jetzt noch Milas Leben retten kann, dann er.«

Der Zottige hatte eine weitere Stahltür erreicht und riegelte sie auf. Vor uns war ein großer Raum mit unzähligen alten Krankenhausbetten, rechts waren drei Türen, von denen Kuno die mittlere öffnete. Es war ein Mini-OP-Saal aus den Achtzigern mit einem soliden Edelstahl-OP-Tisch, einem starken Strahler, weißen Instrumentenschränken und einem Sterilisator. Kuno legte an der Wand mehrere Schalter um und die Lampen des Strahlerkranzes über dem OP flammten auf, gleichzeitig begann ein starker Lüfter zu summen.

»Legen Se se schon mal uff'n OP. Ick zieh nur schnell die abjestandene Luft raus und hol uns frische durch'n Filter. Hier, überziehn!« Er warf mir ein eingeschweißtes Paket mit einem grünen OP-Kittel zu, einen zweiten legte er vor die Tür für Lochner, in den dritten zwängte er sich selber, was bei seiner Leibesfülle kein einfaches Unterfangen war.

»Mach'n Se ma hinten zu.« Ich griff die beiden Schnüre, die der Dicke mir nach hinten hielt. »Sie müssen ma assistieren, bis Bernde da is. Ick setz erstma die Transfusionskanülen.« Aus seinem Alukoffer zog er eine Plastikbox mit mehreren dicken Kanülen.

»Hier machen Se ma 'n bisschen Pumpspray uff den Wattebausch und wischen Se beede Armbeugen aus.

Man, ziehn Se jefällichst davor die Jummihandschuhe an! Wat mein Se, warum ick die Box dahin jelecht hab, meine Fresse.«

Ich wollte gerade Milas Jacke umständlich ausziehen, als er mir eine Schere hinhielt.

»Uffschneiden, einfach uffschneiden bis hoch inne Achselhöhle, dann von unten hoch wieder bis inne Achselhöhle und uffe andre Seite jenau dit selbe, denn können Se die Jacke einfach wegziehn. Ick mach uns ma die Heizung an, is ja kalt wie Eskimoscheiße hier.« Er drehte an einem dicken schwarzen Bakelitknopf und augenblicklich kam warme Luft aus dem Lüftungsgitter. Der alte Sterilisator in der Ecke klingelte mit leisem Ton.

»Na bestens, it is anjerichtet. Wir legen jetze zwee Infusionen, eene mit Plasma, damit wa den Blutverlust uffangen und eene mit ›Engelsstaub‹, damit die Kleene nich merkt, dass wa an ihr rumschnippeln. Allet klar? Wie heißn Se eijentlich?«

»Witzler.«

»Wie wat, Witzler?«

»Andi Witzler!«

»Allet klar Andi, haste schon ma 'ne Spritze uffjezogen?«

»Ja, habe ich schon.«

»Wo?«

»Militär!«

»Na dit is jut. Denn biste entweder 'n Sani oder vonne Spezialtruppe. Mit bedet kann ick wat anfangen. Andi, leech ma die Spritze mit de grüne Kappe an die Kanüle inne linke Armbeuge und den Schlauch vom Plasma machste inne rechte, da kannste den Beutel dann da oben an Jalgen anhängen. Wenn de damit fertich bist, holste dit Instrumententablett aus'n Sterilisator und stellst dit hier seitlich uff dit Blechbord, klar? Ick jeh vorher ma noch eene roochen, kann ja sein, dasset länger dauert, wa.«

Der Zottige warf die Gummihandschuhe in den Blecheimer, zog sich einen hauchdünnen Plastikumhang über seinen OP-Kittel und verschwand aus der Tür. Ein paar Minuten später war er zurück.

»Bernd is noch nich wieder zurück, also musste ran, Andi.«

Er warf mir einen Mundschutz zu, zog sich seinen über den Mund und trat an den OP-Tisch.

»Mensch, meine Brille, ick brauch doch die andre. Andi, jeh ma an meen Koffer, da is sone schwarze Plastikschachtel von Apollo-Optik, hol ma die Brille raus und setz Se mir uffe Nase. Danach aba neue Jummihandschuhe, klar?«

Ich nickte und verpasste ihm die passenden Okulare.

»Scheiße Mann, dit Jeschoss muss noch drin sein.« Er hatte Mila auf die Seite gedreht und konnte keinen Austritt im Rückenbereich entdecken, nur einen großen rotblauen Fleck.

»Wat 'ne Kacke, anscheinend vonne Rippe abjeprallt, na hoffentlich hat's dit Teil nich zerleecht, dann ham wa vielleicht 'ne Schweinerei hier.« Er drehte Mila wieder zurück, mit der Sicherheit eines Metzgers, der gerade die drei leckersten Schnitzel für Frau Müller aus dem Kamm schneiden will.

»Andi, steh da nich so rum, wisch dit Blut weg, Mann, ick kann ja so ja nischt sehn und et pulst imma noch.

Scheiße, scheiße, da is wohl wat Größeret kaputt jejangen. Bleibt uns nüscht übrich, Andi, müssen wa uffmachen. Hol ma da aus'n Blechschrank die Sauerstoffpulle mit dit Atemventil, die Maske muss hinten inne Schublade liegen, da lag Se jedenfalls inne Achtziger imma.«

Kuno hatte ein unbestechliches Erinnerungsvermögen, alles war an seinem Platz.

»Eh, Andi, bist du irre? Du willst ihr die olle Maske doch nich einfach so uffsetzen, oder? Mann, wisch dit Ding vorher wenigstens eenmal mit den Alkohol aus de Pumpflasche ab, Mann, Mann, Mann, nur Amateure.«

Das Skalpell zog einen tiefen Schnitt, Kuno hatte etwa drei Zentimeter über dem Einschussloch angesetzt und zog mit sicherer Hand zwei Finger breit über die Wunde hinweg.

»Andi, nimm die beeden Langenbeckhaken und zieh den Schnitt auseinander. Mann dit issn Zweizinkerhaken, keen Langenbeck. Der Langenbeck is der mit die beeden Ohrn vorne, ja, jenau der und jetzt schön weit auseinander, damit ick wat sehen kann. Heilige Scheiße, anne Rippe hochjeprellt, die zweete Rippe zerleecht und die Splitter ham die Lunge anjerissen. Aba wo ist dit scheiß Projektil.« Zwei seiner dicken knubbligen Finger verschwanden bis zum Anschlag in Milas Brustkorb.

»Da isset, ick krieg et aba nich zu fassen. Dit wird so nüscht. Andi, tupf ma dit janze Blut weg, ick muss noch ma 'nen tiefen Schnitt machen und dit jeht schief, wenn ick nüscht sehe.«

Der Eimer mit den blutigen Tupfern füllte sich schneller, als ich »Shit« sagen konnte.

»Is jut, Andi, zieh ma die Langenbecker raus und hau zwee dicke Roux-Wundhaken rin. Ja, jenau so und jetze musste ma ziehn wie'n Ochse. Keene Angst, die Rippen halten die Kleene jut zusammen, ick brauch aba Platz für'n ordentlichen Schnitt. Die hat aba och'n Brustmuskel, meine Fresse, wat die Mädels heute alle für'n Sport treiben. Zu meener Zeit wollten se alle nur nen geilen Arsch und dicke Titten ham. Andi, nich so zimperlich, zieh ma, zieh, ick muss mit de janze Hand rin.« Sprachs und verschwand bis zum Handgelenk.

»Komm zu Papi, ick schnapp dir schon, ja, nich abhau'n, Bingo, ick hab se. Andi, nimm ma die Organfasszange, nee nich die, die daneben, ja die. Ick schnippe dit Ding jetz hoch, wenn een glänzendet Stück Metall erscheint, packst de zu und ziehst det raus und nich abrutschen, klar, so jetze kommts.«

Ich bekam das Geschoss zu packen. Ein unscheinbares Stückchen glänzendes Kupfer, leicht verbogen.

»Schmeiß in die Nierenschale, keene Zeit für langet Sinnieren. Wir müssen zumachen, sonst jeht der Kleenen die Puste aus. Pass uff, ick mach jetz hier oben am Lungenflügel drei Stiche mit een sich selbst ufflösendet Jarn, dit is in mein Koffer, is so ne blaue Packung, steht, ick globe, VWR druff.«

Ich wühlte in Kunos Koffer und fand tatsächlich unter unzähligen Tupferpackungen, eingeschweißten Skalpellen und Instrumenten aller Art, das besondere Garn.

»Zieh ma die eingeschweißte Packung raus, denn schmeißte die Handschuhe in den Eimer und holst dit Jarn mit den neuen Handschuhen raus, aba komm ma aus de Puschen, der Puls schmiert mir langsam ab. Los, zieh dit Jarn in die Nadel, Mann, nich in die, da is doch schon Jarn drin, nimm 'ne Neue aus de Nadelbox.« Gesagt, getan. Kuno vernähte die Lungenverletzung und richtete die Operationswunde in eine saubere Ordnung.

»So, jetze kannste mir die Nadel von vorhin, die mit dit Jarn, jeben. Ick mach jetz zu.« Dreizehn Stiche weiter war Milas Brustkorb wieder geschlossen, ich wischte mit Alkoholtupfern die Blutspuren ab.

»Hier, Andi, mach ma da noch 'nen bisschen Jod an die Wundränder und dann legste die Kompresse ruff und verbindest ihr den Brustkorb. Ick brauch jetz erstma 'ne Belohnung.« Er zog einen ordentlichen Edelstahlflachmann aus dem Alukoffer und nahm mindestens fünf lange gierige Schlucke.

»Seit ick erst nach de OP saufe, jehn mir och nich mehr so viel Patienten hops. – War'n Witz, Andi, Chirurgenwitz.« Er spülte noch mal mit fünf Schlucken nach. Die Tür ging auf und Lochner stand in OP-Kleidung im Raum.

»Zu spät, Herr Assistenzarzt, die Herztransplantation is schon vorbei, Student Witzler schließt noch schnell die Brustdecke und dann jehn wa alle nach Hause, Prost!«

»Kuno, ist alles klar? Ich muss ein paar Worte mit Herrn Witzler reden.«

»Ja ja, is schon klar.«

»Danke Kuno, für alles. Kommen Sie, Witzler, wir vertreten uns mal die Beine.«

Wir verließen den Bunker durch die Ruine. Von den Autos und unseren Spuren war nichts mehr zu sehen, Lochner hatte überall Laub und Gerümpel ausgebreitet.

»Wissen Sie, wo Sie hier sind, Witzler?«

»Ich würde mal tippen in einer ehemaligen russischen Kaserne.« An einer langen Reihe von verfallenen Garagen wurde auf Russisch vor Rauchen und offenem Feuer gewarnt, sofern ich meinen schlechten, slawischen Sprachkenntnissen trauen konnte. Es waren vielmehr die handgemalten Piktogramme, die mir den Sinn der Worte erklärten.

»Sie befinden sich auf einer der größten Militärbasen der ehemaligen Roten Armee außerhalb der UdSSR, Witzler, das war heiliger Boden. Hier haben über 15.000 Menschen gelebt. Soldaten, Offiziere, Familien, Frauen, Kinder. Es gab eine Schule, ein Theater, einen Supermarkt und ganz normales Leben. Das hier war ein Stück reale Sowjetunion. Wenn bei Ihnen drüben in Niedersachsens Heidelandschaften die großen Manöver liefen, lebten hier über 30.000 Menschen auf engstem Raum, zum Teil unter Bereitschaftsalarmbedingungen. Das waren mehr als doppelt so viele, wie die benachbarte Stadt Zehdenick Einwohner hatte, und trotzdem wusste niemand zu DDR-Zeiten davon. Die merkten nur, dass mehr ›Russenkarren‹ auf den Straßen unterwegs waren. Vom Treibstoff bis zum kleinsten Stück russischem Konfekt wurde alles über tausende von Kilometern aus der Heimat per Schiene herangekarrt, und das war kein Ausnahmezustand, das war Normalität. Hier waren Panzer, Artillerie, Luftabwehr, Raketen und eine Stützpunktrichtenzentrale der GSSD, der Gruppe der sowjetischen Streitkräfte in Deutschland, wie die Russen offiziell genannt wurden. Diese Station war eine Bastion des GRU, des wohl geheimsten aller Geheimdienste der ehemaligen Sowjetunion. Glawnoje Raswedywtelnoje Uprawlenije, das ›alles sehende Auge des Militärs‹, die waren hier die graue Eminenz. Sie unterstanden nicht einmal dem Standortkommandanten, und das haben sie öfter mal heraushängen lassen. Hahnenkämpfe waren auch bei den Genossen an der Tagesordnung.«

Rechts von uns tauchte eine Reihe verfallender russischer Holzhäuser auf, die mit ihrem verwitterten Holz und dem Reifüberzug fast völlig mit dem verwilderten jungen Mischwald verschmolzen.

»Das hier hätten Sie mal Ende der Achtziger sehen sollen. Hier haben täglich tausende Soldaten jeden Zweig und jeden Kienapfel aufgehoben. Der selbstgebundene, russische Reisigbesen war die wohl am meisten eingesetzte Waffe der Roten Armee.« Lochner war in Redelaune, kam aber nicht zum Punkt.

»Ab wann waren Sie dabei, Lochner?«

»Bei den Reisigbesen?« Er lachte laut und eine weiße Dunstwolke stand vor seinem Mund. Die Temperaturen waren anscheinend schon wieder gefallen. Mir zog es kalt an den Ohren, sicher Ostwind.

»Sie meinen, seit wann ich beim GRU bin, richtig?«

Mehr als ein Nicken war nicht nötig.

»Kommen Sie, Witzler, das ist kein Thema für draußen.«

Wir liefen ein ordentliches Stück quer über das riesige, verwilderte Militärgelände. Die Ruine eines Heizhauses tauchte rechter Hand auf. Überall lagen Rohrstücke, verrostete Schellen, abgegammelte Stahlleitern und sonst noch was herum. Lochner entfernte einen gut versteckten, rostigen Riegel und schob einen übermannshohen alten gusseisernen Kessel mühelos beiseite. Zwischen den massiven, aber verwitterten Dielen sah man zwei dünne Schienen aus Edelstahl durchschimmern. So mühelos, wie der Kessel sich bewegen ließ, besaß er anscheinend Kugellagerrollen. In der Wand tauchte eine unscheinbare alte Holztür auf, die sich durch nichts von den anderen Holztüren im Kesselhaus unterschied und doch eines der best gehüteten Geheimnisse des Kalten Krieges verbarg, den Zugang zur ehemaligen Schaltzentrale des GRU in Vogelsang, wie Lochner mir sagte. Die blanken Schienen im Boden ließen vermuten, dass der vollständige Abzug der sowjetischen Truppen hier noch auf sich warten ließ. Gleich hinter der Tür senkte sich der Boden und ein langer Gang grub sich stetig abfallend immer tiefer, es war feucht und muffig. Am Ende des Ganges hing eine einzelne Energiesparlampe von der Decke und warf ein diffuses Licht auf eine Betontür ohne Klinke, ohne Riegel, einfacher grauer Stahlbeton. Lochner drückte seinen Daumen auf einen Knopf, der aussah wie eine verrostete Stahlschraube. Es klickte mehrfach in der Tür, ein Motor begann zu summen und die Tür fuhr nach unten in den Boden. Auf der anderen Seite befand sich ein Empfangsraum mit einer Ikea-Büroeinrichtung. An der Wand hing ein großer LED-Flatscreen, der Schreibtisch war leer, bis auf eine Schreibunterlage und ein Mousepad. Das Licht kam gedimmt aus einer umlaufenden Kranzleiste, um Spiegeleffekte in den Kameras bei künstlich beleuchteten Räumen zu vermeiden, wie ich wusste.

»Was ist das hier, Lochner?«

»Das ist ein sicherer Vernehmungsort, ganz ähnlich Ihrem in Pinnow. Jetzt sind Sie überrascht. Tja, wir kennen Ihr sicheres Haus in Pinnow und ich kann Ihnen versichern, es ist immer noch sicher, obwohl es schon so manche Aktivität unsererseits gab, den Schleier zu lüften. Ihr Krause hat uns aber auf die Finger geklopft, so will ich es mal nennen. Gehen Sie davon aus, dass Krause auch von unseren Aktivitäten hier weiß. Krause und jetzt Sie! Darüber hinaus, und dafür würde ich meine Hand ins Feuer legen, weiß keiner in Ihrem Dienst von dieser Einrichtung. So hat uns der Krause in der Hand, was nicht heißt, dass ein schlaues Kaninchen nicht mehr als einen Bau hat, wie ein russisches Sprichwort sagt.«

»Meinen Sie, wir können Kuno wirklich mit Mila allein lassen, ich meine, er ist völlig voll.«

»Sie kennen Kuno nicht, wenn er völlig voll ist.«

Lochner lachte herzlich und schüttelte den Kopf. Er zog sein Sweatshirt hoch, zum Vorschein kam eine riesige Narbe von der Leber bis hoch zur linken Schulter und unzählige Mininarben über den ganzen Oberkörper.

»Sowas macht Kuno, wenn er völlig voll ist. Ich hab Anfang der Neunziger eine Wohnung Ihres amerikanischen Bruderdienstes besucht, dummerweise war keiner zu Haus. Sie hatten zur Begrüßung aber ein kleines Päckchen mit gehacktem Stahl im Schuhregal versteckt. War eine sehr böse Überraschung. Ohne Kuno wäre ich jetzt mausetot. Meine Kameraden berichteten mir später, dass er schon besoffen zur OP kam und während der vier Stunden am Skalpell noch fast einen Liter feinsten russischen Wodka gesoffen hat. Dann war er fertig und ist umgefallen. Ich glaube, er ist so konzentriert bei der Sache, dass er zwischendurch immer mal wieder das Atmen vergisst, und zum Schluss holt ihn das von den Füßen, jedenfalls ist das meine Erklärung für dieses Phänomen. Ist wie bei den Erpeln, Witzler. Haben Sie mal Erpel vögeln sehen? Die sind so heftig dabei, dass sie danach einfach benommen umfallen.«

»Bitte, Lochner, keine Witze jetzt. Mir ist so gar nicht zum Lachen.«

»Vertrauen Sie Kuno. Er bleibt an Milas Seite, bis sie aufwacht. So schroff wie er manchmal ist, so ein Vatertyp kann er sein, wenn man ins Leben zurückkehrt, ich spreche da aus Erfahrung. Kommen Sie, Witzler, ich habe Krause versprochen, eine umfassende Aussage zu machen.« Er öffnete die beiden großen Doppelflügel des Büroschranks, dahinter kam eine weitere gepanzerte Bunkertür zum Vorschein.

»Kommen Sie rein, Witzler, alles, was ich Ihnen zu sagen habe, bleibt in diesem Raum, keine Aufzeichnungen, keine Mitschriften. Wir denken, es ist an der Zeit, einiges klarzustellen.«

Der Raum glich unserem Vernehmungsraum in Pinnow, am Boden festgeschraubte Stühle, ein stabiler Tisch und vermutlich Kameras in den Wänden.

»Unser Gespräch ist mit Moskau abgesprochen. Sie dürfen Krause berichten, und zwar nur Krause, ist das deutlich genug rübergekommen?«

Ich nickte benommen, die Atmosphäre des Kalten Krieges beeindruckte mich mehr, als ich mir eingestand.

»Witzler, Sie haben unser Gespräch mit einem Frage-Antwort-Spiel begonnen. Das gefällt mir, damit vermeiden wir, dass ich Ihnen unvermittelt von Dingen berichte, die Ihnen nicht hilfreich und uns unter Umständen lieb und teuer sind.« Er nahm aus dem Stahlschrank des Tisches zwei massive Wassergläser und füllte sie randvoll mit russischem Wodka aus einer etikettlosen Literflasche mit russischer Steuerbanderole.

»Nasdarowje, Entschuldigung, Witzler, so ist es nun mal Tradition!« Er hob das Glas. »Alles auf ex, wie man in Deutschland sagt.« Der Wodka war mild und lief, anders als erwartet, angenehm kühl den Hals herunter. Er entfachte seine nicht unangenehme Wärme erst im Bauch.

»Wer sind Sie wirklich, Herr Lochner?« Mein Gegenüber lehnte sich entspannt zurück.

»Ich war von 1976 bis 1986 Angehöriger der Fallschirmtruppen der DDR. Entgegen der allgemeinen Berichterstattung gab es sehr wohl Auslandseinsätze des ostdeutschen Militärs. Meist beschränkten sie sich auf den Einsatz einiger weniger Offiziere als Berater, Ausbilder, oder, wie in meinem Fall, als Bewacher von Botschaftseinrichtungen. Ich wurde im Januar 1985 mit sechzehn anderen Fallschirmjägern nach Kabul geschickt, unter Kommando von Major Lampert, der schon zweimal vorher dort das Kommando hatte. Mitte der Achtziger war den Sowjets ihre ausweglose Lage in Afghanistan noch nicht voll bewusst. Einige Offiziere ahnten die sie erwartenden riesigen Verluste an Menschen und Material, sie scharrten sich um den, vom einstigen KGB-Chef Juri Andropow geförderten Michail Gorbatschow, der nach dem greisen Konstantin Tschernenko nun als junger Generalsekretär die KPdSU und damit die Sowjetunion aus einer andauernden sich ständig verschlimmernden Krise führen sollte, dem aber der Gegenwind aus dem Lager der Betonköpfe gehörig entgegenblies.

In Afghanistan formierte sich der Widerstand der Mudschaheddin, die von Anfang an Unterstützung aus der arabischen Welt und immer mehr auch von den USA bekamen. Angriffe auf sowjetische Institutionen und Anlagen ihrer Bruderländer waren an der Tagesordnung. Die Russen hatten mit dem Schutz ihrer Botschaft eine Spezialtruppe des KGB betraut. Die Gruppe ›Vympel‹ und die in ihr zusammengestellte Gruppe ›OMEGA‹ waren hart gesottene Burschen, Einzelkämpfer aus den verschiedensten Einheiten der Roten Armee, Fallschirmjäger, Marineinfanteristen, Kampftaucher, Minenräumer und mehr. Eines hatten alle gemein, eine Vergangenheit und Gegenwart beim KGB, und so führten sie sich auch auf. Alles ›Tschekisten‹, linientreue Russen und Verfechter der kommunistischen Idee, die überall Verrat an den Idealen der Arbeiterklasse vermuteten. So war es im Nachhinein betrachtet eigentlich nur folgerichtig, dass man beim KGB sorgsam darauf bedacht war, einen direkten Kontakt in den jeweiligen Spezialtruppen der Bruderarmeen zu haben. Schließlich hatte man in Budapest, Prag und Berlin seine schlechten Erfahrungen gemacht und daraus gelernt.«

»Lochner, wollen Sie mir hier einen Kurs in Geschichte geben? Die Achtziger waren auch auf unseren Universitäten eine Menge an Kursen wert und ich habe nicht alle geschwänzt. Kommen Sie mal langsam zum Punkt. Was hat der wilde afghanische Widerstand der Achtziger mit dem toten Lampert vom BHG-Baumarkt zu tun?«

»Ihr Problem ist doch nicht der tote Lampert, Witzler. Ihr Problem sind auch nicht die paar toten Russen, um die Krause-M, den ich übrigens um die Aufgabe nicht beneide, herum ermittelt. Ihr Problem ist der Kampf ausländischer Machtformationen direkt in Ihrem ansonsten so ruhigen Hinterhof, der Uckermark. Um das alles umfassend zu verstehen, müssen Sie die Anfänge kennen, Sie müssen begreifen, wie alles gewachsen ist. Nur so können Sie vielleicht mal einen Schritt voraus sein und agieren. Im Augenblick laufen Sie hinterher wie der Hund dem Stöckchen. Erst wenn Sie derjenige sind, der das Stöckchen wirft, werden Sie sehen, wessen Köter alle dem Stöckchen hinterherrennen.« Er zwinkerte mir zu und hob sein Glas. »Kurzum, man suchte sich die skrupellosesten Elemente der Spezialtruppen innerhalb des Warschauer Pakts und machte sie zu Mitgliedern einer getreuen, elitären Gruppe unter Führung des KGB. Zu diesen glorreichen Halunken zählte auch Major Lampert, karrieregeiler Vorzeigeoffizier der DDR, Fallschirmjäger und menschlich eine totale Fotze.« Der Wodka schien Lochners verbalen Schmerzpegel empfindlich zu senken. »Die meiste Zeit in Kabul trieb er sich mit den Russen herum, es war ein offenes Geheimnis, dass er für den KGB arbeitete. Die werten ›Freunde‹ trafen sich zu wilden Saufpartys oder fuhren in Zugstärke raus ins Umland von Kabul, um Zeugen zu vernehmen. Von diesen Zeugen hat meist niemand wieder etwas gehört. Verständlich, dass sich die Afghanen, eine Gesellschaft, in der Blutrache noch eine Frage normalen Rechts war, dauernd einzelne Soldaten und versprengte Gruppen schnappten und sie aus Rache grausam töteten. Aus Hass wurde mehr Hass und aus Gewalt folgte mehr Gewalt, das Dilemma eines jeden Krieges. Lampert hasste die Afghanen, selbst den sogenannten Afghanischen Kommunisten verhielt er sich abwertend und hochmütig gegenüber. Damit unterschied er sich kein Stück vom Rest der elitären KGB-Affen, die sich für den Sonnenschein im Arsch des Kommunismus hielten.

Das Gelände der DDR-Botschaft, mit allen dazugehörigen Gebäuden wie Garagen, Haupthaus, Werkstatt und Wäscherei/Küche, wurde von einer großen afghanischen Familie bewacht und betrieben. Die Frauen bereiteten die Mahlzeiten zu und hielten alles sauber. Die Männer bewachten den äußeren Sicherheitskreis, wir den Sicherheitskreis innerhalb des Geländes. Alle afghanischen Familienmitglieder wohnten hinten in einem stattlichen Nebengelass. Sie waren Muslime, wie eigentlich alle Afghanen. Sie machten mehrmals täglich ihre Gebete und sie verehrten ihren Gott. Lampert machte sich darüber lustig und erzählte ständig irgendwelche Mohamed-Witze, meist auf Russisch, weil er wusste, dass einige Männer der Familie diese Sprache in der Schule gelernt hatten.

Eines Tages hörte ich auf meinem Rundgang zur Mittagszeit ein ersticktes Wimmern aus einer der beiden Garagen. Ich zog die angelehnte Tür auf und was ich sah, verschlug mir die Sprache. Lampert hatte die Tochter der Köchin, ein einfältiges, schüchternes junges Mädchen von vielleicht knapp vierzehn Jahren, am Wickel. Seine Pranke drückte ihren Kopf auf den Kofferraum des Dienstwagens. Er hatte ihre Kleidung hochgehoben und war gewaltsam in sie eingedrungen. Die Kotflügel und die Kofferraumhaube waren blutverschmiert. Er fickte sie wie von Sinnen, ohne Rücksicht auf ihre Schmerzen und Tränen. Einen Augenblick war ich wie erstarrt. Sicher, ich hatte schon Blut vergossen, auch im Nahkampf, aber das Bild, was sich mir hier bot, war ganz anders. Alles in mir wehrte sich dagegen.

»Kommen Sie Lochner, sie ist zwar jetzt keine Jungfrau mehr, aber eng ist sie alle mal noch«, sagte Lampert zu mir und zog seinen blutigen Penis aus dem Mädchen. »Los Lochner, rein in das geile Loch, Mann, Sie waren auch schon 'ne ganze Weile nicht mehr auf Urlaub, da platzen einem doch die Eier, wenn man nicht mal ordentlich Dampf ablassen kann. Glauben Sie mir, so eine Moslemmuschi fickt genauso gut wie jede andere.« Er wischte sich am Kleid des Mädchens mit der rechten Hand den Schwanz ab, mit der linken hielt er immer noch den dünnen Hals des wimmernden Kindes. Das war zuviel für mich. Ich riss meine Makarov-Pistole aus dem Holster und schrie »Hände hoch, Lampert!« Der langte blitzschnell nach seiner auf dem Dach liegenden Dienstwaffe. Mir blieb keine Zeit zu zögern. Wir trugen zu dieser Zeit alle unsere Waffen durchgeladen und ungesichert, um schneller abziehen zu können. Dass Lampert ohne zu zögern abdrücken würde, war mir klar, dass er treffen würde ebenfalls. Ich hatte keine Wahl. Ich schoss ihm eine Doublette voll in den Brustkorb. Er sah mich ungläubig an, dann fiel er zu Boden und verdrehte die Augen. Meine Genossen im Wachgebäude hörten die Schüsse und standen augenblicklich in der

Garage. Der Anblick, der sich ihnen bot, bedurfte keiner Erklärung. Sie hatten ihre Waffen gezogen und auf mich gerichtet, senkten sie aber, als ich meine Pistole zurück ins Holster schob. Der Anblick des mit runtergelassenen Hosen liegenden Lampert und das Wimmern des Mädchens waren Erklärung genug. Sie brachten mich ins Wachzimmer und holten Verstärkung vom OMEGA-Team der Russen. Pech für mich. Lamperts KGB-Freunde schafften ihn sofort in ein Lazarett für hohe Offiziere, entwaffneten mich gegen den Protest unseres Wachhabenden, der ihnen die Situation in ihrer brutalen Wahrheit schilderte. Lampert war einer ihrer Brüder und es galt, einzig sein Leben und seinen Ruf zu schützen. Schon auf dem Weg in den Arrest des KGB verlor ich beinahe meine Zeugungsfähigkeit. Sie verriegelten die massive Holzkiste und nach einer halben Stunde hatte ich das Gefühl, in einer nachtschwarzen Sauna zu sitzen. Die schwarze Kiste in der Größe einer soliden Hundehütte stand genau in der Sonne. Richtig schlimm wurde es am späten Nachmittag. Zu der unsäglichen Hitze kam der beißende Gestank von Urin, anscheinend entleerten sich die ›Glorreichen Tschekisten‹ an meiner Unterkunft. Ich habe zwei Tage da drin geschmort, ohne Wasser und ohne Nahrung, dann öffnete sich die Tür und eine Gruppe Speznaz-Soldaten holte mich aus dem Loch. Nach einer Nacht im Lazarett saß ich im Büro eines hohen GRU-Offiziers. Er fragte mich geradeheraus, ob ich wüsste, wer der GRU wäre und ob ich bereit wäre, für ihn und seine Organisation zu arbeiten. Ich sagte sofort zu – die beste Entscheidung meines Lebens.

Ich wurde zurück nach Deutschland befohlen und aus dem Dienst bei den Fallschirmjägern stillschweigend entlassen. Für meine Tarnung bot sich der Job in der Ziegelei geradezu an. Einerseits bin ich in der Uckermark großgeworden und fühle mich hier wohl, andererseits war die unmittelbare Nähe von Vogelsang und Groß Dölln ein zwingendes Argument. An dieser Stelle muss ich mich bei Ihnen entschuldigen, Witzler. Ich habe Ihnen bei Ihrem ersten Besuch nur die halbe Wahrheit gesagt.« Er rieb sich die Kehle. »Na, noch einen?« Ich drehte mein Glas um und stellte es zurück auf den Tisch.

»Wussten Sie eigentlich, dass Lamperts Sohn nur ein paar Kilometer von Ihnen wohnt?«

»Na klar, Witzler, wir sind der GRU. Lampert hat ab Kabul keinen Schritt mehr gemacht, der nicht irgendwo aufgezeichnet ist, und genau an der Stelle wird es interessant für Sie, Witzler.« Lochner hatte sich wieder eingegossen, diesmal allerdings nur ein halbes Glas.

»Lampert wurde in das KGB-Hospital nach Baku verlegt. Einer meiner Treffer hatte eine Arterie der Lunge gestreift. Zuerst wollten sie ihm einen Lungenflügel rausnehmen, konnten ihn aber dann doch retten. Hat nur ewig gedauert, bis er wieder auf den Beinen war. Er hat praktisch über ein Jahr an der Lungenmaschine gelegen. Danach kam noch ein Jahr Reha im Lavra-Kloster in Georgien dazu. In dieser Zeit lernte er übrigens die Mönche kennen. Das Kloster in Lavra sollten Sie sich mal ansehen, Witzler, ist eine Touristenattraktion. Vor allem die Höhlenkapellen von Udabno mit ihren Fresken aus dem 11. Jahrhundert. Die liegen direkt oben auf dem Grenzkamm zwischen Georgien und Aserbaidschan. Zu Zeiten der Sowjetunion war das alles gesperrtes Militärgelände.

Die ruhmreiche Rote Armee hatte ein bis heute kaum erwähntes Problem. Im Afghanistanfeldzug gab es eine ständig steigende Rate an Drogensüchtigen. Waren Drogen anfänglich nur in den Mannschaftsdienstgraden ein Thema, stieg die Anzahl drogensüchtiger Offiziere mit jedem Jahr kontinuierlich. Ich meine, wir sprechen von Afghanistan, dem größten Drogenanbaugebiet der Welt. Jedes Kind auf der Straße verkauft Ihnen Drogen. Die Militärführung reagierte Mitte der Achtziger und schuf ein von Mönchen betriebenes und vom Militär bewachtes ›Entgiftungszentrum‹, wenn ich es mal so freundlich nennen darf. Die Realität war knallharter, kalter Entzug mit zum Teil verheerenden physischen und vor allem psychischen Folgen. Letztendlich zählte aber nur das Ergebnis, und die Zahlen sprachen für sich. Die Rote Armee bekam über sechzig Prozent ihrer Offiziere ›geheilt‹ zurück. Nach Außen war das Gebiet eine Rehaklinik für verwundete Militärangehörige oder KGB-Leute wie Lampert. Der Drogenentzug wurde direkt vom KGB überwacht. Den Mönchen wurde eine uneingeschränkte Möglichkeit der Glaubensausübung garantiert und im Gegenzug entgifteten sie die Abhängigen. Ab Mitte der Achtziger überfluteten Drogen in einer bis dahin nicht gekannten Qualität die Sowjetunion und Westeuropa. Der KGB wickelte die meisten seiner Drogengeschäfte über die Firma Kontext in Sofia ab. Der GRU hatte übrigens schon damals ein Auge auf diese Aktivitäten gehabt, doch auch im GRU waren nicht nur weiße Lämmer. Es gab auch bei uns hohe

Offiziere, die sich ihre Taschen füllten, glauben Sie mir.« Er hielt inne, hob sein Glas und ließ sich den letzten kleinen Rest Wodka auf die Zunge tropfen.

»Lampert wurde dreimal vor dem Büro von Kontext in Sofia fotografiert. Zweimal 1989 und einmal 1996.«

»Sechsundneunzig?« Ich war hellwach. »Da war der Afghanistankrieg längst zu Ende, Lochner.«

»Das Ende eines erfolglosen Feldzuges muss nicht gleichzeitig das Ende eines erfolgreichen Fischzuges sein, Witzler. Man hatte sich arrangiert, die Transportwege waren angelegt, die Vertriebsstrukturen funktionierten und alle Kontrollorgane waren gut geschmiert. Warum also ein solide funktionierendes Unternehmen plattmachen, gerade jetzt nach dem Ende des Kalten Krieges. Die Märkte öffneten sich mit jedem Tag mehr, man musste seine Dollar- und D-Mark-Noten in Russland nicht mehr verstecken. Man konnte offen damit in Geschäfte einsteigen oder sich damit einfach nur eine Coca Cola in Moskaus Innenstadt kaufen.

»Sie behaupten allen Ernstes, dass der KGB, Entschuldigung, der FSB, weiterhin Drogengeschäfte in Afghanistan macht, Lochner?«

»Lassen Sie mal Worte wie FSB und KGB weg, Witzler. Ich behaupte, dass es immer noch einen regen Drogenhandel gibt, der sich unter dem Netz der Gründermitglieder aus der Zeit des Afghanistankrieges versteckt und mehr noch, dieser Handel hat sich von 2000 bis heute mindestens vervierfacht. Er ist heute attraktiver als je zuvor für alle Beteiligten, Punkt und aus. Richtig attraktiv hat ihn ein gewissenloser, hoch dekorierter Veteran der

DDR-Fallschirmjäger gemacht. Na klingelt's, Witzler? Richtig, genau der Major Lampert, dem ich in Kabul eine auf den Pelz gebrannt hatte. Inzwischen ehrenvoll als Oberstleutnant in die Pension entlassen, hat er sich weiter um die Geschäfte gekümmert und vor drei Jahren seinen absoluten Coup gelandet. Und daran beißen Sie sich gerade die Zähne aus. Sie und Krause.«

»Sie meinen Krause-M.«

»Nein, Witzler, ich meine Ihren Krause, den echten Krause, nicht Hundekrause aus Eberswalde. Der alte Mann in der Chausseestraße ist wahrlich einer der best informiertesten Männer der Welt, aber an der Stelle hat er eine Lücke.« Lochner grinste. »Sozusagen eine Informationslücke, eine, bei der ihm die Kinnlade runterfallen wird, soviel ist sicher.«

Er stand auf und drehte an einem Regler die Temperatur herunter. Die Lüftungsanlage hatte den Vernehmungsraum auf gefühlte dreißig Grad gebracht.

»Ich muss was essen, mir ist schon ganz schwindlig. Wie sieht's mit Ihnen aus, kleine Erfrischung?« Er winkte mit der halbvollen Wodkaflasche und ich winkte ab.

»Was zu futtern wäre wirklich nicht schlecht.«

»Kommt gleich, Witzler, kommt gleich.« Er ging zurück in den Vorraum und ich hörte ihn im Schrank poltern. Fünf Minuten später stellte Lochner ein Tablett mit einigen Tellern, Konservenwurst und einer eingeschweißten Brotration auf den Tisch.

»Das Messer müssen wir uns teilen, es sei denn, Sie haben noch eins im Strumpf.« Lochner säbelte die Brotverpackung auf.

»Sechs Scheiben, brüderlich geteilt, drei für jeden. Hoffe, das reicht Ihnen, Witzler. Mit Dauerbrot haben Sie ja Erfahrungen als alter Gebirgsjäger. War sicher auch kein Zuckerschlecken, die Ausbildung in Bayern. Wir haben damals immer ein Auge auf die Jungs in Bad Reichenhall gehabt. Ihr ward sozusagen unsere direkte Konkurrenz.«

Ich angelte mir eine Fleischkonserve mit einer Art Frühstücksfleisch, schnitt mir mit Lochners Messer drei respektable Scheiben raus, belegte eine feuchte, dunkle Scheibe Dauerbrot und fing an zu mampfen.

»Nicht schlecht, Lochner, nicht schlecht, russisches Fleisch?«

»Nee, Witzler, von Aldi. Russischer Kaviar und Krimsekt wäre jetzt doch ein bisschen viel Klischee, oder?«

»Sind wir eigentlich allein, oder ist das hier ein ständig besetztes Büro?«

»Sie können es ›Lochners Büro‹ nennen und nein, Witzler, das hier ist keine dauerhafte Einrichtung. Es ist ein medizinischer Notfallpunkt mit angeschlossener Vernehmungseinrichtung und einer Kommunikationsschnittstelle, und das seit 1963. Kuno ist übrigens seit über dreißig Jahren der zuständige Notfallchirurg. Er war gerade als Assistenzarzt nach Gransee gekommen und konnte schon damals saufen wie ein Kesselflicker. Bei einer seiner Sauftouren ist er rein zufällig über einen ebenfalls besoffenen hohen GRU-Offizier ›gestolpert‹. Die beiden haben bis zum Sonnenaufgang weiter gebechert und sind bis heute ziemlich beste Freunde. So kann eine ordentliche Ladung Wodka die Geschicke eines ganzen Lebens lenken. Kuno hat hier alles zusammengeflickt, was unter die Räder gekommen war. Vom einfachen Muschkoten bis zum Vier-Sterne-General, und er war nicht immer so erfolgreich wie heute.«

Mich durchzuckte die Sorge um Mila. Als hätte Lochner meine Gedanken gelesen, lächelte er sanft.

»Keine Sorge, Witzler, die OP Ihrer Freundin, sorry, Ihrer Kollegin, ist für Kuno eine Stufe über Blinddarm. Ich bin mir sicher, er wacht gerade über ihren Puls, hat ihr ein starkes Antibiotikum gespritzt, damit keine Sepsis in die Wunde zieht und macht sie transportfähig. Vorhin, als ich die Fahrzeuge weggebracht habe, hatte ich ein Telefonat mit Ihrem Krause und habe ihn über Ihren ›Unfall‹ in Kenntnis gesetzt. Wenn wir hier fertig sind, sollen Sie direkt in die Chausseestraße und dürfen danach sicher rüber in die Charité. Wir sind aber noch nicht fertig, eigentlich kommen die wirklich wichtigen Dinge erst noch.«

Wir verspeisten alle Brote und warfen nur die Dose mit dem erbärmlichen Thunfisch in den Mülleimer. Lochner goss sich ein mittleres Glas Wodka ein, zum Nachspülen sozusagen.

»Ich will es nicht zu spannend machen, Witzler, aber jetzt stelle ich mal eine Frage. Wer oder was ist das größte Problem der Drogenbranche? Und wagen Sie sich jetzt nicht, ›die Polizei‹ zu sagen! Na? Der Gewinn, Witzler! Tief schwarze Kohle und davon so viel, dass Sie nicht aus den Augen gucken können. Sie haben die Taschen voll mit Geld und können es nicht ausgeben. Gehen Sie mal in ein ganz normales Mercedes-Autohaus und kaufen sich eine E-Klasse. Ruckzuck, schnell einen Vertrag für ein im Autohaus stehendes Model mit

Tageszulassung gemacht. Wenn Sie jetzt frech und frei den mitgebrachten kleinen Handkoffer öffnen und dem modisch gekleideten Verkäufer glatte siebzigtausend in gebrauchten Scheinen rüberschieben, bekommt der einen Herzkasper. Er wird Sie bitten, den Koffer wieder zu schließen und das Geld bei der Bank einzuzahlen. Bestenfalls gibt es im Autohaus eine Filiale der Mercedesbank, bei der Sie nicht einmal anstehen müssen. Als Erstes wird Ihnen die attraktive Mittvierzigerin im dunklen Hosenanzug ein Formular zur Datenerhebung nach GwG, Geldwäsche-Gesetz, vorlegen. Spätestens an der Stelle nehmen Sie die Beine in die Hand und fahren weiter den Golf von Opa. Dasselbe Spielchen immer wieder, beim Juwelier, beim Immobilienmakler, vielleicht kommen Sie noch über ein paar Umwege in einen dubiosen, geschlossenen Immobilienfonds, der eigentlich nur für verschwiegene Politveteranen aufgelegt wurde. Die Wahrscheinlichkeit, dass die Sie aufnehmen, ist aber auch verschwindend gering, denn niemand will sich mit Ihrer schwarzen Kohle die Finger verbrennen. Das größte Problem ist die Geldwäsche bei so großen Summen. Sie muss ohne Zeugen, ohne Aufsehen, lautlos und im Hintergrund laufen. Richtig, Witzler, eine ziemlich vertrackte Aufgabe. Die Mafia in den USA soll in den Zwanziger- und Dreißigerjahren die Gewinne aus der Prohibition über die Pensionsfonds der Gewerkschaften gewaschen haben. Die Masche läuft aber heute nicht mehr. Heute sitzen die Herren Gewerkschafter mit im Aufsichtsrat der Konzerne und werden einen Dreck tun, um Ihr Geld zu waschen. An der Stelle kommt Vaters alter Spruch zum Tragen: Man sollte erstmal kleine Brötchen backen!« Lochner grinste wie ein Honigkuchenpferd.

Ich verstand seine versteckte Ansage. »Wir haben den Backbetrieb in Friedrichswalde unter Beobachtung, Lochner. Die Bilanzen zeigen Gewinne, die für die Region ungewöhnlich hoch sind. Wir haben zwei gute Leute dran. Die rennen im Finanzamt Frankfurt aber gegen unsichtbare Wände. Es ist zum Verrücktwerden. Selbst Krause hält sich bedeckt.«

»Überraschung, Witzler, ich garantiere Ihnen, wenn Sie die Backbude auseinandernehmen, werden Sie nach endlosen Tagen der Auswertung feststellen, dass die Menge der Teiglinge mit der Menge des verwendeten Mehls, der verbrauchten Energie, der Lohnkosten und jeder anderen Komponente in einem plausiblen Zusammenhang steht. Der Backbetrieb macht einen für die Region ungewöhnlich hohen Umsatz und daraus resultierend auch einen ordentlich hohen Gewinn. Diesen Gewinn versteuert der Betrieb auf Heller und Pfennig beim Finanzamt in Frankfurt und zahlt ihn dann an seine Anteilseigner ordentlich aus. Somit sind alle glücklich, das Finanzamt, weil es einen guten Zahler hat, die Politik, weil hohe Steuereinnahmen ordentliche Ausgaben an öffentlichen Mitteln ermöglichen, die Bürger, weil Geld für den neuen Zebrastreifen vor der Grundschule da ist. Am glücklichsten sind jedoch die Anteilseigner, weil sie es in diesem Fall geschafft haben, aus rabenschwarzem Drogengeld blütenreines versteuertes Einkommen gemacht zu haben.«

»An welcher Stelle habe ich was verpasst, Lochner?«

»An keiner, Witzler, an keiner, denn die beste Stelle kommt erst noch. Sie schnuppern schon an der richtigen Wurst, oder in diesem Fall am richtigen Teigling, jedoch am falschen Ende! Das Geld wird nicht beim Produzenten gewaschen, es wird beim Kunden gewaschen. Sie müssen nicht den Backbetrieb überprüfen, sondern seine Kunden. Die BACKMANN GmbH & Co. KG, oder die HESSENBROT GmbH & Co. KG und nicht zu vergessen die BÄCKERBROT GmbH & Co. KG, alles Franchisebetreiber mit unzähligen Minifilialen in Supermärkten, Ladenstraßen, Fußgängerzonen, praktisch überall, wo man mit Backwaren richtig ordentliche Umsätze machen kann. Keine dieser Ketten hat Läden außerhalb der großen Städte wie Frankfurt, München, Stuttgart, Köln, Hamburg oder Berlin. Wenn Sie mit so einem Laden legal schon dreißigtausend machen und dann jeden Monat einfach zwanzigtausend in schwarzen Scheinen in die Kasse legen, fällt das keinem auf, solange laut den Lieferscheinen die dafür nötigen Mengen an Teiglingen geliefert wurden und die wurden und werden geliefert, jeden Tag, da können Sie die Lieferscheine prüfen, so oft Sie wollen. Der Lieferant aus der Uckermark ist ein solides Unternehmen und auch bei ihm stimmen die Lieferungen an Mehl und Zusatzstoffen. Nur wenn Sie die Lkw wiegen würden, wären Sie bei einigen vielleicht überrascht. Die fahren rein, laden ab, manche laden aber gleich wieder auf und verlassen den Hof genau so schwer, wie sie gekommen sind. Das ist Geldwäsche in Perfektion, erdacht von einem Vergewaltiger, der meiner schlechten Schießkunst sein Leben verdankt. Irgendwie trifft mich da eine Mitschuld, meinen Sie nicht, Witzler?«

Er goss sich das Glas randvoll und stürzte erneut einhundert Gramm russische Seele runter wie Wasser.

»Der Backbetrieb, die Franchisefirmen und auch die Lieferbetriebe für Mehl und Zusatzstoffe sind fest in der Hand von verdienten Genossen und geldgeilen Emporkömmlingen der ›Neuen Welt‹ in Russland. Sie werden straff geführt, alle Angestellten haben Arbeitsverträge, die sie zu absoluter Verschwiegenheit verpflichten. Das stellt für die Leute auch kein Problem dar, denn die Entlohnung ist mehr als durchschnittlich. Tanzt trotzdem mal einer aus der Reihe, tanzt er nicht lange. Man hat an jede Kleinigkeit gedacht. In den Filialen der Backwarenläden werden Sie oft junge Männer mit russischer Herkunft finden, die in Deutschland legal mit einem Studentenvisum ihre Kenntnisse in Mathematik, Physik oder was auch immer aufpolieren und nebenbei auf Lohnsteuerkarte arbeiten. Die meisten haben einen militärischen oder nachrichtendienstlichen Hintergrund. Somit ist gesichert, dass immer ein ›Familienmitglied‹ ein Auge auf den ohnehin sorgfältig ausgewählten Franchisenehmer wirft.«

»Starker Tobak, Lochner. Aber wer sind die Toten, die überall in der Uckermark auftauchen, in meinem schönen Schorfheider Mischwald oder im Hebetrog des Schiffshebewerks? Und wer hat dem alten Lampert das Licht ausgeblasen?«

»Diese Antworten sind für heute nicht vereinbart. Ich bin bis an die Grenzen dessen, was ich sagen darf, gegangen. Alles Weitere muss Krause mit meinen Leuten neu verhandeln. Ich habe nämlich keine Lust auf einen

Schlafplatz vorm BHG-Baumarkt, Witzler. Können Sie eigentlich noch fahren? Ich bin voll wie 'ne Kuh. Zum Teufel, wo hab ich den verdammten Schlüssel?« Lochner suchte seine Taschen ab, irgendwann stellte er sich breitbeinig an die Wand und lallte.

»Witzler, tasten Sie mich mal ab. Irgendwo muss dieser Scheißschlüssel doch sein.« Ich fand ihn in der rechten Hosentasche. Es war ein wohlgeformter Metallschlüssel mit einem gravierten Peugeot-Schriftzug.

»Na, da ist er ja. Gehen Sie mal vor, ich verrammle den Laden noch richtig.« Lochner rollte den Heizkessel vor den Eingang.

»Was ist mit Mila. Ich werde hier nicht alleine abhauen, Lochner. Wir holen sie jetzt aus dem Bunker und bringen sie in ein Krankenhaus.«

»Alles schon geschehen Witzler. Kuno hat sie transportfähig übergeben und ihr Chef hat sie abholen lassen. Das ist keine Hand-in-Hand-Arbeit zwischen den Diensten, das ist reines persönliches Arrangement Ihres Chefs, Witzler. Sollte Ihnen bei passender Gelegenheit eine teure Keksmischung wert sein. Schauen Sie mal auf Ihr Handy.«

Krause hatte eine Nachricht gesendet.

»Mila in Charité eingeliefert, Zustand stabil, Besuch später möglich. Vorher umgehend Rapport bei mir. Over und aus.«

Lochner griente und schob mich aus der Tür.

»Auf geht's!« Draußen war es inzwischen trüb geworden und der frühe Abend klebte schon dunkel an den herunterhängenden Tannenzweigen. Wir brauchten eine ganze

Weile bis zur alten Ruine. Lochner legte das Tor erneut frei und öffnete die Bunkertür.

»Kleinen Augenblick, Witzler, ich muss nur noch rasch das Licht löschen.« Sprach's und wuchtete den schweren Schalter nach unten.

»Wo bekommen Sie eigentlich hier den Strom her, ordentlich gemeldeter Edis-Kunde sind Sie ja wohl nicht?« Lochner gluckste.

»Wir nutzen Ökostrom, Witzler, echten Ökostrom mit ordentlich Akkupower. 1968 hat man unsere Einrichtung mit dem Flugplatz in Groß Dölln verbunden, da dort eine großzügig dimensionierte, stabile Notstromversorgung errichtet wurde. Als 2013 in Groß Dölln die Liegenschaften des Flugplatzes durch den Schredder geworfen wurden und man eine ›Solare Energiegewinnungsfläche‹ aus der alten Garnison machte, haben wir uns still und klammheimlich mit drunter geklemmt.« Der Wodka ließ Lochner, der Welt entrückt, lächeln.

»Wo steht denn die Karre?«

»Wie? Achso, der Wagen. Der steht hier gleich um die Ecke.« Lochner bog ruckartig zwischen zwei großen Büschen ab und näherte sich einem Hügel. Unter dichtem Strauchwerk wurden die verwitterten Überreste einer hölzernen Luke sichtbar.

»Augenblick, Witzler, ich sperre uns mal kurz auf.« Er stieg umständlich durch die Luke, es krachte und polterte. Lochner fluchte wie ein Rohrspatz. Ein dunkles Brummen ließ den Boden unter meinen Füßen vibrieren und eine mächtige mit Moos bewachsene Betonplatte hob sich bestimmt fünf Meter in die Höhe. Zum Vorschein kam eine große Bunkerkammer, drinnen konnte ich schemenhaft erkennen, wie Lochner sich an der Beifahrertür des Wagens zu schaffen machte.

»Kommen Sie, Witzler, Sie haben den verdammten Schlüssel.« Beim Einsteigen wischte ich über die Einschläge in der Seitenscheibe, eindeutig starkes Panzerglas. Eine bequeme, große Limousine, strafferer, ordentlicher Sitz, griffiges Lenkrad, ein Schaltwagen. Ich zog an der Tür und sie fiel mit einem dröhnenden Bumm ins Schloss – gepanzert, soviel stand mal fest.

»Lochner, was ist das für eine Karre?«

»Sie werden's nicht glauben, Witzler. Sie sitzen in Honeckers gepanzerter Peugeot-604-Limousine. Hat ihm der große Valéry Giscard d'Estaing geschenkt. Blechgewordene französische Lebensart, dazu Rotwein, Käse und Baguette, Vive la France komplett. Gepanzerte Karosserie, Panzerglas, schusssichere Reifen und einen großen selbstabdichtenden Tank. Das richtige Auto für einen kleinen, geltungssüchtigen Mann. Er fuhr sehr gerne damit, lieber als mit den klobigen Volvos.«

»Und wie kommen Sie an Honeckers Lieblingsauto?«

»Er hat es mir auf jeden Fall nicht geschenkt, wenn Sie das meinen. Ich habe es auf einer Autoauktion in Erkner 1999 für einen relativ schmalen Taler ersteigert. Die meisten der Bieter waren frischgebackene Autohändler und hinter den jüngeren BMW- und Mercedes-Modellen her, den ollen Franzosen wollte keiner haben. Die Tatsache, dass der Honecker da drin gesessen hat, schreckte die Käufer seinerzeit noch eher ab. Tja, mit den ganzen

Löchern im Blechkleid ist er jetzt wohl unverkäuflich geworden. Ich werd mich mal nach einem ordentlichen Restaurierer umsehen. Die Rechnung schicke ich dann direkt zu Krause in die Chausseestraße.«

»Da fahren wir jetzt hin, Lochner.«

»Sie fahren da hin, mich schmeißen Sie in Temmen raus, oder ach was, halten Sie am ›Grünen Baum‹ in Ringenwalde, ich pfeif mir noch 'ne halbe Ente bei Markus rein.«

»Haben Sie ein ordentliches Versteck, Lochner? Die haben auch auf Ihren Wagen geschossen.«

»Ach, Witzler, uns sind beiden schon gehörig Kugeln um die Ohren gepfiffen. Sicherlich wäre Kurtschlag im Augenblick nicht die beste Wahl, aber ich komme schon irgendwo unter. Ich vermute übrigens, der Schütze hatte seinen Posten auf dem Kirchturm. Von dort konnte er mein Haus und den Ortseingang beobachten. Hätte er Sie am Ortseingang verfehlt, hätte er Sie immer noch vor meinem Tor erledigen können.«

»Aber die Frage ist, wer wollte uns ans Leder – GRU, FSB oder ein Freiberufler?«

»Witzler, ich werde jetzt in Ruhe essen, dann mache ich ein paar Anrufe und wir können wenigstens eine Partei ausschließen. Sie fahren zu Krause und erstatten Ihren Bericht. Isst der Krause eigentlich immer noch diese scheußlichen Keksmischungen?«

Ich musste lachen, Bernd der Buntmetaller war ein wahrlich durchtriebener Hund. Über seinen sicheren Unterschlupf hatte er kein Wort verloren.

Chausseestraße, Berlin
Als ich auf der Parkebene in der Chausseestraße ankam, war Krause schon unten. Er nahm den Wagen in Augenschein und begutachtete die Einschusslöcher.

»Machen Sie nie wieder abfällige Bemerkungen über französische Autos, Witzler.« Er fügte ein für ihn ungewöhnliches »geile Karre« hinzu. Im Büro erwartete uns Espresso Dopio und eine der »scheußlichen Keksmischungen« aus der Blechdose.

»Das Wichtigste zuerst, Witzler. Mila geht es gut. Unser Vertrauensarzt ist begeistert von der Erstversorgung. Wir haben damals nach Lochners ›Unfall‹ vermutet, dass es einen versierten Mediziner im Dunstkreis des GRU geben musste. Trotz intensiver Recherchen in den naheliegenden Krankenhäusern blieb die Suche seinerzeit erfolglos. Bis gestern waren wir überzeugt, dass es ein Russe ist, der in Deutschland oder Polen verdeckt lebt. Dabei ist der Doktor ein Erbe der DDR-Waffenbrüderschaft. Wir gehen gleich runter in die Aufnahme zum Erlebnisbericht. Vorher würde ich aber noch gern Ihre intuitive Meinung hören. Wer war's?«

»KGB!«

Krause zog die Augenbrauen hoch. »Als Sie in den Dienst kamen, war der KGB schon mehr als zehn Jahre Geschichte.«

»Das sollten Sie aber besser wissen, Chef.«

Ich wurde über drei Stunden lang gründlich vernommen. Alle Aussagen, Bemerkungen, Einschätzungen und Beschreibungen wurden aufgenommen. Unsere Analytiker standen jetzt vor der Aufgabe, daraus einen umfassenden

Bericht zu formen, der Krause und sein Führungsgremium in die Lage versetzten würde, unsere nächsten Schritte zu planen. Meine waren schon geplant und führten mich direkt rüber in die Charité.

»Wir haben sie schlafen geschickt.« Eine klare Flüssigkeit lief aus einem Tropf in Milas Vene. »Es geht ihr aber den Umständen entsprechend gut. Dank der erstklassigen Arbeit Ihres unbekannten Freundes wird sie wieder vollständig gesund. Wenn es sich irgendwie machen lässt, möchten wir sie aber noch ein paar Tage träumen lassen. Sie hat viel Blut verloren, das Plasma hat zwar ein guten Teil aufgefangen, aber der Körper muss erst mal alles wieder ins Lot bringen. Ich lasse Sie einen Augenblick allein, Sie finden mich nachher im Arztzimmer.«

Milas Kopf lag friedlich auf dem Kissen. Meine wirre Verbandskunst war gegen einen ordentlichen Schulterverband getauscht worden. Ihre Augen waren geschlossen, der Atem ging tief und fest. Die linke Augenbraue verbarg ein kleine Narbe, beide Ohren hatten Löcher, die jetzt irgendwie deplaziert wirkten, ohne die funkelnden Stecker, die sie anscheinend in zahlloser Menge besaß. Sie trug nie sündhaft teure, große Ohrringe, immer nur diese kleinen Stecker, mal dezent, mal in knallfrechen Farben. Komisch, dass mir das genau in diesem Augenblick in den Sinn kam. Eine Hand legte sich auf meine Schulter. Krause war leise hereingekommen.

»Wird schon wieder. Sie ist ein kräftiges Mädchen und hat einen starken Willen, und sie hat Sie, Witzler. Da kann sie nicht einfach so aus dem Leben verduften. Läuft da eigentlich was zwischen Ihnen?« Ich dachte, mich laust der Affe. Hatte Krause eben wirklich gefragt, ob ich was mit Mila am Laufen habe?

»Da gibt es eine Richtlinie, die solche Beziehungen möglichst unterbindet, wenn ich mich recht erinnere.«

»Witzler, Mila ist eine Kripobeamtin, und nur weil wir sie einmal hier mit Informationen und der damit verbundenen Verschwiegenheitserklärung versehen haben, ist sie noch lange kein Mitglied des Dienstes. Außerdem lässt sich Liebe nicht verbieten, die fällt immer dahin, wo sie will. Was meinen Sie, wer hier alles was mit wem am Laufen hat oder hatte. Manchmal hab ich es gewusst, manchmal erst im Nachhinein erfahren, und soll ich Ihnen mal was verraten, Witzler? Wissen Sie, in wie vielen Fällen die Arbeit oder die Sicherheit der betreffenden Personen davon berührt wurde? In keinem, Witzler, in keinem. Ich finde diese Regel ist die dümmste aller unserer zum Teil schon ziemlich skurrilen Vorschriften. Mein Vater sagte immer: ›Durch Zäune und durch Latten können die Menschen sich begatten, durch Gazefenster können es nur Gespenster‹. Schlauer Mann, der alte Krause. Kommen Sie, ich lade Sie auf einen Drink ein.«

Er schob mich zur Tür hinaus, als ob er den sensiblen Zusammenbruch, der mich sicherlich bei einem weiteren Verbleib an Milas Krankenbett ereilt hätte, vorausgeahnt hatte. Krause wusste, was einem in solch einer Situation durch den Kopf ging und auch, was in solch einer Situation zu tun war. Sonst wäre er bei diesem Scheißwetter nicht mit seinen heißgeliebten billigen, dünnsohligen Deichmannschuhen vom Dienst bis in die Charité getippelt.

»Wir nehmen noch 'ne Runde.« Krause ließ die Hand über seinem Kopf kreisen. »Und leg noch ein paar Nüsse dazu!«

Es war die vierte Runde und so langsam wurde aus der angenehmen Wärme im Bauch eine noch viel angenehmere Leere im Kopf. Krause hob das Glas und drehte es im Schein der Kerze einige Male hin und her.

»Ist ein taffes Mädchen, die Mila, und hat 'ne Menge Glück gehabt. Wir haben den Tiguan untersucht. Der Schütze scheint zwischendurch das Magazin gewechselt zu haben. Es gibt zwei verschiedene Geschosse für die Vinturez, die verwendet wurde, eine Anti-Personen-Munition und eine panzerbrechende Munition. Ein Geschoss von der zweiten Garbe hat den Motorblock des Tiguan durchschlagen und dabei ein faustgroßes Loch in den Motor gehackt. Hätte sie eine dieser kleinen Granaten erwischt, wäre es aus gewesen. Anscheinend hat das Mädel einen Schutzengel.«

Krauses Finger verschwanden pausenlos in der Schale mit den gewürzten Nüssen.

»Darf ich mir sonst nicht gönnen, Witzler, passt meine Frau auf wie ein Schießhund. Massenhaft Kalorien sollen da drin sein, Witzler, Kalorien, Fette, Cholesterin und viel zu viel Salz. Wie soll in einer so kleinen Nuss eigentlich soviel Zeug stecken? Ich denke, sie gönnt mir die Nüsse nur nicht. Was eigentlich recht sinnlos ist, weil sie die Dinger selber gar nicht isst. Trotzdem bringt sie immer wieder so eine kleine Blechdose mit, die steht dann ewig im Schrank rum. Ich frag mich manchmal, ob sie nur das Verfallsdatum abwartet, um sie dann getrennt entsorgen zu können. Bisher habe ich die armen kleinen Dinger aber immer von ihrer Erbarmungslosigkeit gerettet.«

Seine Hand fuhr wieder in die Höhe und die nächste Runde war fällig. Um zwei Uhr nachts waren wir voll wie die Eimer und standen vor der Bar. Sinnigerweise versuchten wir, einen Busfahrplan zu lesen, der an einem Graffiti beschmierten Haltestellenhäuschen vergilbt seine Abfahrzeiten kundtat. Busfahrer schienen nur tagsüber zu arbeiten. Krause hatte die lebensrettende Erinnerung, dass Fahrzeuge mit einem leuchtenden gelben Schild auf dem Dach Verirrte und Verwirrte gegen Zahlung einer üppigen Beförderungsgebühr an sichere Orte brachten. Einen dieser Orte hatten wir anscheinend gerade erreicht.

»Bucher Chaussee 16. Hallo, meine Herren, die Schnarchzeit ist zu Ende.« Krause rappelte sich hoch und nach der Übergabe einer Geldsumme, die bei EasyJet für Mallorca und zurück gereicht hätte, standen wir vor einem weiß getünchten Reihenendhaus.

»Kommen Sie, Witzler, einen habe ich noch im Schrank und dann gehen wir pennen. Sie können das Gästezimmer haben.« Meinen Protest winkte er schwankend ab.

»Ja klar, Sie nehmen sich ein Taxi, schon klar, nach Joachimsthal. Bei dem Kilometerpreis, den mir dieser Räuber eben aus der Tasche gezogen hat, kommen Sie mit den paar Moneten, die Sie noch in den Taschen haben, nicht mal bis Wandlitz. Sie pennen hier! Morgen ist Samstag, da frühstücken wir gemeinsam und dann können Sie immer noch das Weite suchen.«

Krause kam ins Straucheln und schlug mit voller Breitseite gegen die massive Standardhauseingangstür. Bevor er sich hochrappeln konnte, flammte das Außenlicht auf. Eine kleine schmächtige Frau in einem Morgenmantel öffnete die Tür und sah erst mich fragend an, dann senkte sich ihr Blick auf den um Gleichgewicht kämpfenden Krause.

»Das ist Witzler, der kann nicht mehr fahren, weil er völlig voll ist und außerdem hat er ja kein Auto mehr!«, strahlte er sie unschuldig an wie ein kleines Kind.

»Er kann doch bei Gernot im Zimmer schlafen. Wärst du so nett, frisches Bettzeug raufzuziehen, mein Stern?«

»Hat dein Stern schon letzte Woche gemacht. Dann kommt mal rein, ihr beiden Strategen. Mein Gott, ihr stinkt ja wie die Räuchermännchen.«

»Gustaf hat wieder ab zehn alle rauchen lassen, Hilde. Ich hab ihm schon tausendmal gesagt, dass die das Rauchverbot immer strenger überprüfen, Hilde, aber der Gustaf, der kann nicht hören.«

Hilde verdrehte die Augen. »Bei seiner Kundschaft gibt es eben immer wieder einen, der seine Beziehungen spielen lässt. Hast du wenigstens die Nüsse weggelassen?«

»Aber selbstverständlich, mein Stern.«

»Dein Stern vertraut dir genau so weit, wie dein Stern dich sehen kann. Habt ihr noch Hunger?«

Ich schüttelte den Kopf, trotzdem der Schäferhund in mir sofort nach einem vollen Napf schrie. Der ganze Abend hatte einen Verlauf genommen, den ich mir nie hätte vorstellen können und der mir unwirklich und unrichtig vorkam. Die ganze Zeit beschlich mich der Gedanke, was Krause denken würde, wenn er wieder nüchtern war. Schließlich war er mein Chef und einer der erfahrensten Männer des Dienstes, alte Garde mit einem Heiligenschein, jedenfalls für uns junge Dachse. Einer, dem der eisige Atem des Kalten Krieges noch ins Gesicht geblasen hatte. Doch Krause hatte andere Probleme.

»Hilde, man kann Würstchen sehr wohl kalt essen, man sollte in diesem Fall aber weniger Senf verwenden oder gänzlich drauf verzichten!«

»Rohe Würstchen, Willi, bäh, du bist ein Vandale.« Hilde balancierte ein volles Tablett Kühlschrankinhalt zu einer Essecke. Auf dem Wandbrett darüber stand ein Radiowecker, ein richtiger Radiowecker, mit zwei großen braunen Drehknöpfen für Lautstärke und Sendersuchlauf. Forschend überlegte mein in teurem Whisky eingelegtes Hirn, ob es denn überhaupt noch ganz normales analoges Antennenradio gab. Beim Fernsehen hatten sie es abgeschafft, aber beim Radio?

»Setzen Sie sich, Herr Witzler.«

Ehe ich mich versah, hatte ich einen Teller vor der Nase und die schmächtige Hilde versenkte den Inhalt einer großen Würstchenpackung in einem teuren Edelstahlkochtopf.

»Wer rohes Zeug isst, geht auch mit ungeputzten Schuhen aus dem Haus.«

»Ich werd dich das nächste Mal dran erinnern, wenn du dir dein komisches ›Sushi‹ bestellst.« Krause grinste breit und zufrieden, seine Linke griff sich eine Roggenbrotschnitte, die Rechte hatte schon die Butterdose am

Wickel. Eine halbe Stunde später entfloh dem satten Krause ein gehöriger Rülpser.

»Upps, satt!«, griente er verschmitzt. Hilde hatte das Bett aufgesucht, nachdem sie Krause noch den Befehl »Abräumen in den Geschirrspüler!« verpasst hatte.

»So, Witzler, jetzt noch 'n Absacker und dann ab in die Falle.« Er zog eine Flasche finnischen Wodka aus dem Tiefkühler und angelte sich zwei große Trinkgläser aus dem Glasbord der sichtlich schweineteuren Einbauküche.

»Sie brauchen sich keine Sorgen um unser morgendliches Erwachen zu machen, Witzler. Sie sind nicht der Erste, der hier morgens um drei am Tisch sitzt. Es gibt Tage, die sind einfach scheiße, treffender kann ich es augenblicklich nicht sagen. Ihre Mila liegt schwer verletzt im Krankenhaus und ich habe gestern Mittag drei junge Agenten bei einem Anschlag in Syrien verloren. Junge Bengels, noch jünger als Sie, Witzler. Morgen Nachmittag muss ich die Eltern informieren.« Er hob wortlos das Glas und nahm seine Einschlafportion.

Der Morgen wurde genauso unspektakulär, wie Krause ihn angekündigt hatte. Keine Umarmungen, kein Duzen, dafür lecker Rührei mit geräuchertem Speck, aufgebackenen Vollkornteiglingen und Filterkaffee.

Joachimsthal, Schorfheide

Lochner erwischte mich auf dem Handy, kurz vor der Abfahrt Lanke. Krause hatte mir einen unauffälligen Passat Kombi aus der Fahrbereitschaft vor die Tür seines Hauses stellen lassen.

»Ich bin ermächtigt, ein neues Treffen zu vereinbaren, Witzler. Diesmal sollen Sie den sicheren Ort bestimmen. Wir suchen gerade nach einem Leck, es macht bei uns einige Leute nervös, dass mein Aufenthaltsort anscheinend bekannt war. Ihr Krause lässt übrigens gerade forschen, ob vielleicht aus der Kripo in Eberswalde Hinweise gekommen sind. Auf dem Kirchturm haben wir einige Fasern einer Funktionsbekleidung von Northface gefunden, Hülsen wurden keine zurückgelassen. Der Schütze hat anscheinend mit einem Hülsensack gearbeitet, Profi halt. Wir möchten diesmal Krause mit dabei haben, auch einer der Gründe, weshalb wir Ihnen den Ort überlassen. Ich werde mit einem unserer Spezialisten kommen.«

»Spezialist? Auf welchem Gebiet?«

»Finanzen. Bei der Nummer geht es um Geld, um wirklich viel Geld. Melden Sie sich, wenn Sie einen Ort für das Treffen gefunden haben, aber lassen Sie nicht zuviel Zeit verstreichen, es hat den Anschein, als komme Bewegung in die Struktur der Bäckerburschen.«

Wir brauchten keine vierundzwanzig Stunden, dann hatten wir einen geeigneten Ort, einen mit Geschichte. Das alte Hotel Döllnsee, ehemaliges Gästehaus der DDR-Regierung und Todesort von Walter Ulbricht. Heute war es ein Tagungshotel der Wirtschaft und Politik. Es war zwar nicht öffentlich bekannt, dass man hier über abhörsichere Bereiche verfügte, die Topmanagements der großen Konzerne wussten aber von dieser Tatsache. So wurden vertrauliche Gespräche oft nicht ausschließlich wegen der unberührten Natur in die Schorfheide verlegt.

Unser Dienst hatte die Möglichkeiten des Hotels ein paar Mal für Treffen mit Bündnispartnern genutzt. So kannte Krauses Technikcrew alle Gegebenheiten vor Ort bestens. Der sicherste Raum war die Sauna. Die Verantwortlichen der damaligen DDR hatten die Sauna als geschlossene Betonzelle im tiefen Erdreich entworfen, mit einer Fundamentfläche, die vom Rest des Betonbodens entkoppelt und mit einer kardanisch aufgehängten Platte versehen war. Die Konstruktion glich damit einem Atombunker, dem Überlebensplatz für den zufällig hier vom Erstschlag erwischten SED-Führer.

Krauses Leute schlossen ein mobiles Resonanzsystem an die Aufhängung und sendeten ein sich ständig veränderndes Frequenzmuster in den humusreichen Waldboden der uckermärkischen Endmoränen-Landschaft, unabhörbar, selbst für die schnellsten Server der Welt. Lochner und sein Partner kamen unauffällig im geschlossenen Paketbereich eines DHL-Transporters, der auch sonst die täglichen Postsendungen brachte. Es blieb keine Zeit für Belanglosigkeiten, der Weg führte sofort in die Saunalandschaft. Anstatt Wodka und Dosenwurst standen diesmal Kaffee und Keksmischung auf dem Tisch. Lochner grinste und zwinkerte mir zu. Krause, der alte Fuchs, bemerkte die Vertraulichkeit und fragte irritiert: »Stimmt was nicht?«

»Nein, nein, mir scheint nur, Sie haben die Keksmischung gewechselt. Sind jetzt mehr Waffeln, weniger Schokokekse, bedauerlich für mich.« Lochner lachte, Krause schüttelte den Kopf und ich marterte meine Gesichtsmuskulatur, um nicht schallend mitzulachen.

Lochners Partner schaute nur verständnislos von einem zu anderen.

»Entschuldigen Sie, Herr Sarefejewitsch spricht nicht sehr gut Deutsch. Ich werde für Sie übersetzen, Mitschriften oder Tonaufnahmen erfolgen nicht, wie vereinbart, Herr Krause?« Mein Chef nickte kurz.

Lochner gab dem blassen Mitvierziger das Zeichen, zu beginnen. Der Mann hatte eine monotone, leicht heisere Stimme, seine ersten Ausführungen dauerten etwa zwanzig Minuten. Meine bescheidenen Russischkenntnisse reichten bei Weitem nicht aus, um ihm zusammenhängend zu folgen. Lochners zusammenfassende Übersetzung war auch für mich eine informative Überraschung der besonderen Art.

Sarefejewitsch führte aus, dass der GRU vor etwa drei Jahren Bargeldströme entdeckt hatte, die alle an derselben Stelle versandeten. Ein tieferes Bohren brachte ein Geflecht aus Veteranen des Afghanistankrieges, Ex-KGB-Männern, russischen Oligarchen und westlichen Konzernstrukturen zutage. Als zum ersten Mal alle verfügbaren Zahlen zusammengestellt waren, begannen den verantwortlichen Ermittlern die Ohren zu schlackern. Das war kein Wespennest, das war ein riesiger Termitenhügel. Bargeld in unglaublicher Menge floss quer durch Europa nach Russland und wieder zurück nach Deutschland. An der Stelle endete die Informationskette. Bis vor einem halben Jahr ein Zufall die Aufmerksamkeit der Ermittler auf den Ex-Fallschirmjägeroffizier Lampert lenkte. Sein Name war auf einer Liste der OMEGA-Mitglieder der Achtziger aufgetaucht. Dank des Hinweises eines pensionierten hohen GRU-Führers widmete man sich der Personalie Alexander Lampert und entdeckte ein unglaubliches Finanzkonstrukt. Es gab aber einen ziemlich bösen Beigeschmack für den GRU. Eine achtbare Menge an hohen Armeeoffizieren war zum Teil bis zum Hals in die Aktivitäten der Gruppe verstrickt. Dabei handelte es sich nicht ausschließlich um pensionierte Veteranen des sowjetischen Kriegsausfluges nach Afghanistan, wie zuerst angenommen.

Lochner verstummte und Krause goss uns Kaffee nach. Er zog sich den vorletzten der wenigen Kekse mit Vollmilchschokoladenüberzug an Land. Der freundliche Russe gegenüber überprüfte ebenfalls die Keksdose und griff blitzschnell zu. Der letzte Schokofreund verschwand in seinem Mund. Lochner hob resignierend beide Hände.

»Wie gesagt, zu viel Waffeln, zu wenig Schokokekse, wo ich mich doch schon so auf die Keksmischung gefreut hatte.« Diesmal erwischte er mich kalt, ich prustete los und bekam mich nicht mehr in den Griff.

»Na ist doch wahr, Witzler, für uns bleiben wieder nur die Waffeln.« Jetzt musste auch der verwirrte Krause lachen.

»Hier, ich habe etwas für Sie, Herr Witzler.« Der Russe zog ein kleines, in farbigem Papier eingewickeltes Stückchen russisches Konfekt aus seiner Anzugtasche und reichte es mir. Er sprach fließend und akzentfrei Deutsch.

»Herr Lochner, Sie gehen diesmal wirklich leer aus. Meine Tochter hat mir bei der Abreise nur ein Stückchen in die Tasche geschoben. Aber wenn ich Sie mir so ansehe, sind Sie derjenige von uns, der seine Nahrung am bestens kontrolliert. Ich glaube Zucker und Schokolade stehen gar nicht auf ihrem Speiseplan.« Er lächelte freundlich, der Test war vorbei, der zweite Teil seiner Ausführungen erfolgte in Deutsch. In diesem Teil war der wirklich dicke Hund begraben, oder besser: die Hündin.

»Es gibt eine zentrale Schwachstelle bei einem so großen Konstrukt der Geldwäsche, meine Herren, das ist der Ort, wo das einfließende Drogengeld in die Versteuerung fließt, wo aus Schwarz Weiß wird. Wenn der Fluss hier ins Stocken gerät, fliegt die ganze Waschmaschine auseinander. Also muss man hier einen Vertrauten haben, einen, den nicht die Gier nach Geld oder reine Sympathie antreibt. Hier brauchen Sie jemanden mit unerschütterlicher Loyalität, am besten ein Familienmitglied. Ich will Sie nicht länger auf die Folter spannen.« Der Russe nahm sich einen Mandelkeks und einen kleinen Schluck Kaffee.

»Dass der Lampert ein, seinen Samen in aller Welt verteilendes Alphatier war, ist Ihnen ja im ersten Gespräch von Herrn Lochner schon mitgeteilt worden. Dass bei einer solch hohen Besamungsrate schon mal aus einem Schuss ein Treffer wird, ist fast unvermeidlich. So geschehen im Frühsommer 1974. Im Bergener Krankenhaus auf Rügen erblickte die kleine Irene Zacherau das Licht der Welt. Tochter der attraktiven Pionierleiterin Maria Zacherau und des Abteilungsleiters Wilfried Zacherau, einem geachteten Langweiler aus dem ansässigen Reparaturbetrieb für Landtechnik. Das niedliche Mädchen war dem Vater nicht wie aus dem Gesicht geschnitten, und Maria Zacherau wusste auch genau warum. Eines muss man Lampert aber lassen, er hat sich in den folgenden Jahren immer um das Wohlergehen von Mutter und Tochter gekümmert. Neben so mancher Banane und Orange im Obstkorb der Zacheraus brachte er auch mithilfe seines Einflusses die Bildung seiner Tochter auf den richtigen Weg. Die entwickelte sich prächtig, und wie die Mutter hatte sie keine Skrupel, alle Vorteile, die sich ihr boten, schamlos auszunutzen. Die Frauen hielten sich Wilfried Zacherau als Familienvater und Vorzeigeehemann, genossen die Freuden des Lebens aber meist ohne ihn. Bei einer ihrer Ferienreisen, auf denen Onkel Alexander immer überraschenderweise auftauchte, schenkten die beiden ›glücklichen Eltern‹ der damals sechzehnjährigen Irene reinen Wein ein, was die ohne jegliche Fassungslosigkeit zur Kenntnis nahm. Der Familienrat beschloss, alles beim Alten zu belassen. So hat der gute Wilfried Zacherau bis zu seinem Herzinfarkt im Jahr 1993 nicht gewusst, dass er all die Jahre ein Kuckucksei ausgebrütet hat, Friede seiner Asche.«

Der Russe sah in die Runde. Irgendwas fehlte bei Tisch. Keksmischung war ja ein Anfang, aber einem Russen machte sie einen trockenen Mund, egal wie viel Kaffee man dazu trank. Krause wäre nicht Krause, wenn er diesen Zeitpunkt nicht vorausgesehen hätte. Wortlos schob er den Stuhl nach hinten und langte aus dem naturhölzernen Regal ein Tablett mit vier geschliffenen Gläsern.

»Herr Sarefejewitsch, würden Sie mal bitte hinter sich greifen?« Der Russe zog eine mit Reif überzogene Flasche Wodka aus der Minibar. Er lächelte verschmitzt zu Krause.

»Sie gelten zu Recht als umsichtiger Mann, Herr Krause.« Zwei Wodka später ging die Familiengeschichte weiter.

»Irene Zacherau machte einen hervorragenden Schulabschluss, legte ein mehr als sehr gutes Abitur hin, schlug aber die zahlreichen Vorschläge der Headhunter für ein duales Studium als Werkstudentin in der Pharmaforschung aus und entschied sich für eine Beamtenlaufbahn. Ich würde sagen, alles richtig gemacht. Mit ihrem messerscharfen Verstand, ihrem ungezügelten Lernwillen und der gehörigen Portion Skrupellosigkeit machte sie eine rasante Karriere. Am ersten September 2008 wurde sie mit vierunddreißig Jahren die jüngste Finanzamtschefin Deutschlands und übernahm das Finanzamt Frankfurt/Oder.« Krause fiel fast vom Stuhl.

»Sie ist die Waschmaschine!« Er griff sich die Flasche Wodka und goss die Gläser randvoll.

»Nasdarowje, Towarisch Sarefejewitsch.«

»Nasdarowje, Towarisch Krause. Sie ist vielleicht nicht die ganze Waschmaschine, aber auf jeden Fall der alles abdichtende Deckel. Als wir das erkannten, haben wir die gesamte Struktur noch einmal unter diesem Aspekt geprüft und siehe da, auch die Franchisegesellschaften haben alle ihren Hauptsitz in die Uckermark gelegt und fallen damit automatisch in den Finanzbereich Frankfurt/Oder. Jetzt haben Sie die Erklärung, warum sich die Eberswalder Kripobeamten bei ihren Ermittlungen eine blutige Stirn an einer Mauer aus Schweigen holten.«

»Das können Sie alles beweisen, Herr Sarefejewitsch?« Krause war aufgesprungen.

»Ich kann es glaubhaft dokumentieren, Herr Krause, aber wenn Sie denken, unser Dienst würde streng vertrauliche

Daten aus dem Intranet Ihrer Finanzverwaltung ziehen, liegen Sie falsch.« Krause sah ihn skeptisch an.

»Nun, Towarisch Krause, ich habe nur gesagt, wir würden keine Daten ziehen, ein bisschen anschauen wird ja wohl erlaubt sein«, griente der Russe.

»Es gibt Beweise genug, und wir werden Ihnen auch behilflich sein, Sie zu finden, man muss ja nicht alle Wege zweimal machen.« Krause füllte die Gläser erneut, kratzte mit den Zähnen auf seiner Unterlippe herum und kam dann zum letzten Punkt der Unterredung.

»Herr Sarefejewitsch, das Leben ist ein Geben und Nehmen. Sie haben uns eben ein ordentliches Paket an Neuigkeiten gegeben, was wollen Sie mit aus diesem Raum nehmen?«

»Wir wollen nichts mitnehmen, wir wollen eher nichts verlieren, Herr Krause. Nach Ansicht meiner Führung sollten Sie dafür sorgen, dass wir in den nächsten Tagen keine Schlagzeilen wie ›Russische Bäcker auf Mordzug in Deutschland!‹ oder ›KGB-Gruppe Mehl tötet Mitwisser in der Uckermark!‹ in den Zeitungen finden. Mit den einfachen Worten unseres Präsidenten ausgedrückt: Mütterchen Russland möchte nicht mit der Fratze einer Mörderin herumlaufen. Intern räumen wir selbst in unserem Laden auf und haben damit längst begonnen, bedauerlicherweise in Ihrem Hinterhof. Unser Vorschlag: Sie können die Zacherau haben, wir möchten die Überstellung aller russischen Toten nach Moskau. Die Strukturen der ›Waschmaschine‹ werden komplett zerschlagen. Den nicht unerheblichen Geldbetrag, der auf diversen Konten liegt, werden wir brüderlich teilen und an nationale Antidrogeneinrichtungen anonym spenden. Nun, was sagen Sie, Towarisch Krause?«

»Mein Bauch sagt Ja, aber entscheiden werden das meine Vorgesetzten im Kanzleramt, Towarisch Sarefejewitsch.«

»Bestellen Sie ›Mama Merkel‹ einen schönen Gruß von mir, Herr Krause, ich vertraue ihrem mütterlichen Bauchgefühl.«

Krause-M durfte sich den Triumph an die Jacke heften, schwere Wirtschaftsvergehen im Finanzamt Frankfurt/Oder aufgedeckt zu haben. Die von ihm vorgeschlagene Stürmung der Behörde mit SEK-Kräften wurde jedoch von Berlin aus niedergeschmettert. Frau Dr. Irene Zacherau und alle ihre Handlanger wurden nach alter KGB-Manier im Morgengrauen auf dem Weg von ihren Wohnungen zum Dienst verhaftet.

Das Kanzleramt führte mehrere Telefonate mit Vertrauten im Wirtschaftsministerium. Innerhalb von drei Wochen füllte die Nussla-Gruppe die im Minutentakt aufreißenden Lücken in den Beteiligungsgesellschaften mit neuen Leuten. Backwaren aus der Uckermark gingen in den großen Städten Deutschlands nach wie vor frisch gebacken über die Ladentische. Der Anteil der jungen Männer in den Filialen nahm ebenso dramatisch ab, wie das Lächeln der zahlreich neu eingestellten jungen Frauen zunahm.

Die Russen brachten alle ihre toten oder untoten Beteiligten außer Landes. Lochner schien die Sache doch mehr aufgeregt zu haben, als er zugab. Jedenfalls hielt er sich seit einigen Tagen in Sotschi am Schwarzen Meer zur Kur auf.

Mila durfte die Klinik verlassen und trug nur noch einen leichten Verband über der Naht. Ich würde sie nachher mit meinem niegelnagelneuen Tiguan abholen. Für Dienstag hatte sie sich bereits zum Tennisunterricht angemeldet, um die linke Schulter wieder in Schwung zu bringen, verrücktes polnisches Huhn.

Für heute Abend hatte ich uns eine Mondscheinrundfahrt mit romantischer Musik auf dem Werbellinsee reserviert. Die Reederei Weidenhöft, uraltes Schorfheider Seefahrergeschlecht, war dafür nicht nur der beste, sondern auch der einzige Anbieter. Gottfried Weidenhöft lächelte, nachdem er in die von mir mitgebrachte CD reingehört hatte.

»Haste wat vor, Andi?«

»Vor schon, Gottfried, aber ob's klappt, werden wir sehen.« Er zwinkerte mir verschlagen zu.

»Ick werd alles in meiner Macht Stehende tun, um euch schön übern See zu schaukeln. Kommst doch mit de Mila, oda?« Er klopfte mir verschwörerisch auf die Schulter.

Vor meinem maritimem Eroberungsmanöver hatte ich uns einen leckeren Seebewohner beim Fischer Wolf bestellt: fangfrischer, gebratener Zander mit Möhrchen und Butterkartoffeln, als Dessert eine Kugel Eis mit einer selbstgekochten Himbeersoße aus Schorfheider Waldhimbeeren. Danach zwei wohlproportionierte eiskalte Gläser von »Onkel Bogdans Wodka«, den ich schon gestern Abend mit Fischer Wolf probehalber verkostet hatte. So liefen wir etwas beschwipst runter zur Anlegestelle, wo schon die »Karl-Friedrich-Schinkel« in Lampions gewandet auf den leichten Wellen schaukelte. Der Mond stand hoch über dem Werbellinsee und Louis Armstrong flehte mit herrlichem Bass um Liebe, als ich Mila den Arm um die Schultern legte. Zuerst trafen sich unsere Augen, dann trafen sich unsere Lippen.

Krause fand am Montagmorgen auf seinem Schreibtisch ein unscheinbares, braunes Couvert russischer Diplomatenpost. Als er es aufschnitt, fiel eine kleine goldene Anstecknadel mit einem Roten Stern aus Rubinsplittern heraus.

Über den Autor

Max Victor, im wahren Leben ein vielbeschäftigter Mann, der bedingt durch seinen Beruf die meiste Zeit des Jahres durch die halbe Welt kreuzt, hat in diesem ersten Roman seiner Liebe zur Uckermark, den von ihm immer wieder aufgesuchten Ruhepol, liebevoll Ausdruck gegeben und eine rasante Story in die stille Landschaft geschrieben.

Sie werden beim Lesen vielleicht Orte, historische Ereignisse und vielleicht auch Menschen wiedererkennen, die Story ist jedoch reine Fiktion. Sollten Übereinstimmungen oder Verwechslungen mit real existierenden Menschen entstanden sein oder naheliegen, so war dies nicht gewollt oder in irgendeiner Weise beabsichtigt.

Erneut wird die Uckermark Schauplatz krimineller Machenschaften.

Das Uckerlamm

TEIL 2 DER UCKERKRIMI-REIHE

Auf einer abgelegenen Weide in der Uckermark liegen über Hundert tote Schafe. Nur sind sie nicht das Opfer einer um sich greifenden Tierseuche, sondern Teil eines grausamen Massenmordes. Alle Tiere wurden durch Kopfschüsse getötet. Bei den Ermittlungen kommen internationale Strukturen ans Tageslicht. Um dieses Rätsel zu lösen, wird der BND-Agent Andreas Witzler wieder einmal in die Schorfheide geschickt und ahnt nicht, in welche Gefahr er sich damit begibt.

ISBN: 9783744864503

Infos und mehr
Facebook: Max Victor